新潮文庫

サマータイム

佐藤多佳子著

JN286172

新潮社版

7248

目　次

サマータイム

サマータイム

カレンダーは八月。よく光る入道雲が団地の屋上にむくむくと太っていく頃、ぼくは人ごみの中でふいに口笛を吹いてしまうことがある。有名な有名なジャズのメロディー。ここ数年、一夏中、ぼくの頭の中に鳴り続けるのは、『サマータイム』。右手だけの力強いピアノのタッチだ。

あれは、六年前の夏だ。ぼくは小学五年生だった。友達はお盆休みで、田舎や観光地に消えていたが、夏の遠出を七月に終わらせた我家の人間は、団地の狭い部屋にたいくつな顔をそろえていた。両親、一つ年上の姉の佳奈《かな》、そしてぼく。誰も見ていないテレビが、台風十五号の接近を知らせていた。

「あんた、山で大きな木の下じきになって死ぬのと、海で溺《おぼ》れ死ぬのとどっちがいい?」

佳奈がぼくに聞いた。

「両方やだよ。甲子園に出て、マウンドで雷に打たれて死ぬんだ」

ぼくが答えると佳奈はぎゅっと顔をしかめた。

「高校生まで、生きてるつもり?」

「うん」

「だめよ。あんた、早死にするの」

「なんでだよ。佳奈のが先じゃん。順番だもん」

「そんなの関係ない。伊山進《いやますすむ》は溺れて死ぬのよ。後、二年くらい、生きられるかも」

ぼくは、鼻の頭を指で押し上げ、ブタっ面《つら》をしてみせた。その後で宣言する。

「プールへ行くよ」

すると、たぬき寝入りしていた親父《おやじ》が目を閉じたまま、つぶやいた。

「溺れに行くのか?」

「雨降りそうよ。それに寒いわ」

母親のほうはまじめに止めたが、ぼくは聞かなかった。

「肉まんを買ってきてね」

玄関まで見送りにきた佳奈が言った。そしてドアを閉める直前に叫んだ。

「今日が運命の日かもよ。あんた、天国と地獄のどっちへ行くの?」


すごい空だった。百トンはありそうなグレーの雲のかたまりを、湿った風がゴゴゴゴと押し流している。ぼくの自転車も追い風を受けてペダルが軽い。背丈よりも高いひまわりの軍団が、首をそらしてお化けのように踊っているのが、どうも気味悪かった。

入口のシャワーを浴びるとぞくっとくる。いつも超満員の市民プールもその日はさすがに人影がまばらだった。丸い池のような子供用に二人、学校と同じ縦二十五メートルの長方形のプールに十人くらいの寒そうな姿が見える。

ぼくは勢いよく飛び込むと、クロールで二十五メートルの往復を始めた。水は冷たかったが、こんなぜいたくな泳ぎはめったなことでは出来やしない。四往復でいったん上にあがり、今日の目標を決めた。十往復、五百メートル。うわお！ぼくのクロールの限界は、もっか三百メートルだ。もっとスマートなターンのやり方について、ぼくが考えていると、ブオーというような音をたてて風がおそってきた。水面に小さな波がたつ。ぼたんぼたんと雨粒がやってくる。さすがに、一人二人と帰りはじめ、やがてプールは本当にがらんとしてしまった。広々としたブルーグレーの水面に雨粒があちこちで輪を作る。

その時だ。ちょうど一人だけになった泳ぎ手にぼくの目は引きつけられた。男の子だ。年上かな？ ぼくよりも、だいぶサイズが大きく見える。そんなことより、問題は彼の泳ぎ方！ なんておかしな格好だ。クロール、バタフライ、犬かき、それらがごっちゃになったような泳ぎっぷりなんだ。ふざけているというよりは、どう見ても、じたばたもがいている。溺れるんじゃないかと、ぼくが心配になった時、彼は一度立ち上がり、ゆっくり息を吸い込むと、またわきめもふらずに泳ぎ出した。

　少しずつ、少しずつ、彼はぼくのほうにやってきた。そして、ぼくは気づいた。彼は腕を一本しか使わずに泳いでいるんだ。右腕。右腕だけ。だから、まっすぐに進めず、下手なボート漕《こ》ぎみたいに、ふらふらと回ってしまう。それでも、ようやく彼はぼくのすぐ近くのサイドに曲がりながら、たどりついた。

　顔に流れる水を払いもせず、彼は大きく息をはずませた。ぼくは、目を皿のようにしてぶしつけにじろじろと彼を見つめてしまった。左腕がない。ない、としか言いようがない。肩から先の空白に、ぼくは胸がつまるような息苦しさを覚えた。

　彼はぼくの目をきっとにらんだ。ぼくはあわてて視線をそらし、体中がかっかと熱くなった。

「ごめん。つまり……」

　下を向いたまま謝ったが、何を言ったらいいのかわからなかった。

「おまえ、両方あるのに右に曲がるのな」

その挑戦的な台詞《せりふ》を、意外にも澄んだ声で言い放つと、彼はプールサイドを歩いていってバスタオルを体に巻き付けた。空白の左腕が緑の布に隠れる。

「バランスが悪いんだ」

大声で言いながら、こちらに戻ってくる青白い長身から、えたいの知れないエネルギーがきらきらとこぼれ落ち、ぼくは射すくめられたように身を堅くした。

雨足が強くなった。プールの係員がたった二人残ったぼくらを追い出しにかかる。更衣室で、義手をつけた彼は、着がえ終わってまごまごしているぼくに、名前を教えてくれた。浅尾《あさお》広一《こういち》。ぼくより二つ年上で、A—28の十一階に住んでいるという。

めちゃくちゃな雷雨になっていた。

「走ろう!」

広一くんが叫び、ぼくは自転車をそのままにして、彼の後についていった。A—28の建物は、市民プールから歩いて三分もかからない。ぼくの住むC—3はもっと遠いため、彼は家へ来いと誘ってくれたのだ。

空をYの字に引きさいていく紫の稲妻。すぐさまバリバリドッシャーン！　ぼくは首を縮めるが、広一くんは右腕を突き上げて、それいけ、とかどなっている。彼は足が速いのでぼくは水をけたてて走りながら、結構息をきらしていた。

エレベーターの中で、ぼくらは互いの姿を見てにやにやした。これぞ本物のヌレネズミだ。

「すぐにフロをわかすよ」

広一くんは言う。

「悪いなあ」

初めて会ったばかりなのに、と思うが遠慮できるような状態ではとてもなかった。

お風呂《ふろ》、そして広一くんの服まで借り、ぼくらはすっかりくつろいで、冷えた麦茶などを飲んだ。広一くんの家はウチより、ひとまわり小さい。一部屋少ないと言ったほうがいいかもしれない。流しやガス台、食卓、ソファーセットが一部屋に集まり、ガラス戸の向こうは狭いベランダになっていた。

「うちは二人家族なんだ」

広一くんは言った。まだぬれたままの髪が額《ひたい》にはりつき、湯上がりのくせに、青白い顔色をしている。ぼくらはソファーを背にして、じゅうたんにすわりこんでいた。そのほうが気楽な感じがする。

「昼間は一人なの？」

ぼくが尋ねると、彼は笑った。

「夜もけっこう、一人」

それが、なんとも大人っぽい言い方だった。

「母さんが、仕事で、どうしても旅行が多いんだよね。でも隣に叔母さんがいるから」

「へえ。お母さんって、旅行が仕事？」

「うん。なんというか、ピアニストなんだ。ジャズの。ジャズ・ピアニスト」

広一くんは奥の部屋のグランド・ピアノを見せてくれた。でかくて黒くて、ピカピカ。家で佳奈が虐待《ぎゃくたい》している、ぼろのアップライトとはえらい違いだ。

「商売道具だからね。でも、苦情とかきて、母さんも練習に気を使うんだ。プロだし、音がガーンと出るわけ」

そして、ちょっとはにかんだように口許《くちもと》をゆるめる。

「でも、もうじき引っ越すからね。母さん、結婚するんだ」

「ああ」

ぼくはわけのわからないあいづちをうった。

「君の新しいお父さん」

「うん」

「うれしい？」

「え？」

広一くんは目を伏せて、にやにやした。

「いいんじゃない。かっこいい人」

「へぇ。いいな。君のお母さんもかっこいいんでしょ」

広一くんは何も答えずに、グランド・ピアノのふたを開けた。カバーをはずし、右手の指が鍵盤《けんばん》に触れる。

きれいな音。胸にくーんとくるようないい音がした。広一くんは立ったまま、右手の指で、メロディーをたたいた。

「知ってる?」

「ううん」

「サマータイム。ジャズのスタンダード・ナンバーだよ。母さんがすごくうまい。これを弾《ひ》く時の母さんはそりゃあ、もう最高にかっこいい!」

ぼくはうなずいたものの、ジャズという言葉だってよく知らない。だから、広一くんが、

「伊山君、ピアノ弾ける?」

と聞いてきた時は、ちょっとオーバーすぎるほど、ぶんぶんとかぶりをふってしまった。

「ほんとに十本の指で弾いているのかなって思うほど、音がいっぱい出てくるんだ、母さんのピアノ。なんか、こう、きらきらと降ってきて、下からもずんずんわいてきて、部屋が音でわあっとふくらむんだ。そりゃあ、いいんだ！」

広一くんは、また鍵盤をたたきだした。ぼくは、しだいにその曲を覚えていった。胸にしみる感じがした。聴いたことがないほど悲しくてきれいなメロディーだ。

なぜか、午後の海を思い出した。どこにでもある、少し灰色がかった青い海。いいかげん泳ぎ疲れて、あおむけに浮かんでいると、広い空が白くまぶしく、波に揺られていつのまにかほのぼのと眠くなってくる。幸せな感じ。なのに、ちょっと悲しい。

「うまいね」

ぼくは心からそう言った。彼は単純にメロディーをなぞるだけではなく、和音にしたり、トリルをいれたり、右手一本で、ずいぶん華やかな演奏をしていたのだ。ぼくの耳にはそれがひどくきれいに響く。少なくとも佳奈の雨だれピアノよりは、聞いていてずっと気持ちが良かった。

「三歳の時から、クラシック・ピアノをやってたんだ。嫌いじゃなかった」

広一くんは、ふっと言葉をきった。ぼくは思わず、彼の左側のぴくりとも動かない義手に目がいってしまった。彼はぼくの視線を感じたかのように言った。

「これね、事故。自動車事故。左腕がめちゃくちゃになっちゃった。でも、ぼくはこれでも運がいい方。運転していた父さん、体中めちゃくちゃで、死んじまったからね。四年前だよ」

ぼくが、ああ、とも、うう、とも言えないうちに、広一くんはふりむいてにやっとした。

「好きな曲をぼくが右手のパートだけ弾くと母さんが伴奏つけてくれる。知らない曲でもぼくの勝手な思いつきの節でも、ぜんぜん平気。最高、気分いいんだ。キセキみたい」

そうして立ったまま、片手でまたピアノを弾き出した広一くんのノッポの後ろ姿は、冷たい霧にしんと包まれているように、底知れず静かだった。ぼくは役に立たない自分の左手を握りしめた。ピアノなんて、さわったこともないけれど、せめて佳奈ほどでも弾けたらなあ、とつくづく思った。

家に帰ると、佳奈がぬれた髪をバスタオルでふいていた。彼女はぼくを見ると、とっさにコロシテヤルというこわい目をして、ばたばた部屋に駆けこんでしまった。ぼくは肉まんを買ってこなかったことに気がついた。

「雨がすごくなってきた時、あんたを迎えに行ったの。雷にやられちゃうって、いきなり飛び出していって、止めるまもなかったの。一時間くらい帰ってこなかったわよ」

お母さんが言った。

「あんたも電話くらいしなさいよ」

「はあ」

ぼんやりと答えながら、えらいことになったと思った。こんな時の佳奈のきげんをとるのは、でかい氷の塊に空手チョップをくわすようなものだ。

「オレ、まだ、死ぬ予定ないから」

部屋へ行って話しかけたが、もちろん返事はない。面倒くさくなってピーッと口笛を吹く。続けて、サマータイムのメロディーがころがりでた。

「オレ、ピアノ習おうかな」

突然思いついてそう言うと、二段ベッドの中から、ミッキー・マウスの枕《まくら》が顔めがけて飛んできた。


それから三日後だ。ぼくは広一くんに服を返しに行った。A―28の十階でエレベーターを降り、あとの一階を階段で上る。その階段の途中から、かすかなピアノの音がぼくの耳に届いていた。

ブザーを押し、扉をたたいても、返事がない。でもピアノの音が聞こえるから、中に誰かがいるんだ。ぼくはそっとドアを引いてみた。鍵《かぎ》のかけてないドアは軽く開き、ぼくはこんにちはーっとどなりながら、のそのそ中へはいっていった。

苦情がくるという広一くんの言葉がよくわかった。奥のピアノ室にたどりつく前に、ぼくは音に圧倒されていた。グランド・ピアノにかぶさるように上体をかがめ、鍵盤を目にも止まらぬ速さで駆け抜ける長い指。部屋にはアルコールの鋭いにおいがした。

長い髪を無造作に三つ編みにした女の人がこちらを見る。滝のような音がさっととぎれた。

「あーあ。お化けかと思った」

彼女はかん高い声で叫んだ。そして、よっこいしょという感じで腰をあげ、ぼくの近くにきた。息子と同じでひょろっと背が高い。

「まだ、アル中になるには早いわ。広一の友達ね」

「はい」

ぼくは自己紹介をして、母親が持たせたお礼のケーキを広一くんの服と共に渡した。

「ああ、わざわざ、どうもね。広一いないんだわ。入院しちゃってさ」

「えっ？」

浅尾広一の母親、友子さんは、ちょっと見たことがないような女の人だった。息子がかぜをこじらせて肺炎で入院、自分は失恋してやけ酒のジンをボトル半分あけてしまった——そんなことを、初対面のガキに向かって天気の話でもするみたいに早口でしゃべるんだ。

「あの子、四十度も熱あるのに、一人っきりで二晩も寝ていたのよね。あたし、電話もしなかった。妹夫婦が旅行中だから、今度の演奏旅行は広一、連れていくつもりだったの。でも、彼氏が来ることになっちゃって、あの子、遠慮してさ。ま、そうよね。おかげでバチ当ったわ、大喧嘩《おおげんか》してふられちゃった」

彼女は豪快ににやっとした。広一くんとよく似た笑い方だった。化粧をしていないはだは黒ずんで荒れていたが、それでも彼女は美人だった。

「あの日、寒かったから……」

ぼくはなんだか自分のせいのような気がして、そう言った。

「あの子、ヤワよ。だって、あなた、なんともないでしょ?」

たしかにぼくも、そして雨の中を一時間うろうろしていた佳奈もぴんぴんしている。

「お見舞いに行ってもいい？」

　ぼくが尋ねると、友子さんはパチンと手を打った。

「それ、それ。あたし、行かなきゃなんないんだ。一緒に行こう！」

　酒のにおいを消すために、友子さんは十分くらいじたばたし、結局、化粧も着替えもしないまま一緒に家を出た。


　ぼくが自転車をひいて友子さんと歩いていると、後ろから追い抜いた赤いチャリが、目の前ですっと止まった。佳奈だ。ぼくはなんとなく、つけられたなと思った。母さんのお手製の真っ赤なサンドレスを着た佳奈は、ぼくなど眼中にないといった風に友子さんをつくねんと見た。

「姉です」

　ぼくは仕方がなく、そう言った。

「へえ。きれーなお姉さん」

友子さんは感心したように首をふった。

まあ、たしかにそうなんだ。色が白くて、目がでかくて、まつ毛が長くて、天然パーマの髪が肩のへんでくるくるしている。弟の目から見ても、外側だけはカワイイ。

「どこ行くの?」

あの台風の日以来、一方的にけんか中なのを忘れたように、すました声で聞いてきた。

「病院」

「うちのドラ息子が肺炎で入院してるの。この子が、お見舞いに来てくれるっていうからさ」

友子さんはにこにこした。

「一緒に来る?」

ぼくは聞いた。なんで、こんなごきげんとりをしなきゃならないのか、よくわからない。ただ、佳奈はぼくが誘うのを待っていたし、そういう時はたいがい、彼女の思い通りになるんだ。佳奈は王女のようにうなずいた。やれやれ、だ。

団地のA棟を通り抜ける。A—27、A—20、A—14。そしてB—9の前を横ぎって、C—1。十年前、市郊外の竹やぶを切り開いて作り上げたニュータウンは、よその人には、きっと巨大な迷路のように見えると思う。同じ建物、同じ公園。よく似たショッピング・センター。

車道に並行するサイクリング・ロードを縦一列にぼくらは進んでいた。排気ガスとむせかえるような草いきれ。並木のエンジュがクリーム色の細かい花を暑い風に揺らしている。

もう、夏も最後の坂を曲がろうとしていた。のしかかるような蟬《せみ》しぐれにも、ツクツクホウシの声が混じる。あといく日と休みの日を数えるようになる今頃は、ぎらぎらした白い日差しも奇妙に悲しく、やり残した宿題と、クラスメートの顔が頭の片隅に点滅するんだ。

「あんたたち、乗ってっちゃっていいわよ」

先頭を歩いていた友子さんがふりかえって言った。彼女は額と首筋の汗をぬぐいながら、あっついねえ、と笑った。

「うん、でも」

ぼくはかぶりをふった。病院の場所は知っていたが、なんとなくこのまま歩いていたかった。

「広一って、自転車、乗れないのよ」

友子さんは急にそんなことを言った。

「片手になってからも、ちゃんと乗ってたんだけど、一度、坂道で思いっきりこけたのね。よれよれになって帰ってきて、それっきり乗れなくなっちゃった。不思議ねえ。バランスを失うのね。こわくなるんだね」

彼女は続けた。

「ここは、自転車がないと大変じゃない。だから、あたしが荷台を持っててあげるから、練習しなさい、がんばんなさいって、尻《しり》たたくんだけど、ダメ」

「進もなかなか乗れなかったわ」

後ろで聞いていた佳奈が声をあげた。

「あたしが後ろを押さえて教えたの。ちょっとも走れないで、すぐにひっくりかえるの。情けないやつ！」

「あのなあ！」

ぼくは真剣にむっとした。誰が教えたって？　邪魔しやがったくせに。六つかそこらの女の子が荷台を持っていたって、おっかないだけで、何のささえにもなりゃしないだろう。

友子さんはけらけら笑った。

「いいねえ。きょうだい！」

そして、佳奈に言った。

「ひとつ、うちのガキにも仕こんでくれない？」

「いいわよ」

おおまじめに受け合う佳奈を見て、ぼくは本当にいやになった。気の毒な広一くん。きっと一生自転車に乗れなくなるぞ。

「サマータイム……」

友子さんがゆるく歌い出した。ぼくは、こう全身がぞくっとした。

「……フィッシュ、アー、ジャンピンー……」

間違いない。あの曲だ。

「それ、歌なの?」

ぼくの問いに、友子さんは目を丸くした。

「うた?」

「広一くんがピアノ弾くのを聞いたんだ」

「ああ、そうか。歌、だよ。いい歌」

友子さんはうなずきながら答えた。

「もともとはガーシュインのオペラの曲で、黒人の子守歌なんだけどね。サラ・ヴォーンやジャニス・ジョプリンが歌うといいよねえ」

友子さんはまた歌いだした。低い歌声。ゆっくりとつぶやくように。ああ、子守歌だっていうの、なんかわかる。あのもの悲しいメロディーが体中にしみこんでくる。

「あの子、ピアノうまくてさ」

歌い終わると友子さんはふと言った。

「これは血だなあ、なんて、親バカ。でもねえ、生きてるからいいね。手じゃなくて、足のほうが良かった、なんてことはないからね」

ぼくは何も言えなかった。話のわからないはずの佳奈も珍しく黙って聞いていた。その時並木がきれて、光る入道雲が目の中いっぱいに飛び込んできた。痛いような明るさ。じんと涙が出そうになったので、ぼくはあわててまばたきすると、友子さんの歌に合わせて小さく口笛を吹きだした。

六人部屋の病室。シーツの中の広一くんがなんだかとても小さく見えた。

「もう、ぜんぜん平気。たいしたことないんだから、入院だなんて、母さんもオーバーなんだよ」

彼はぼくにそう言って笑顔を見せた。でも、なんていうのかな、笑ってもらったって感じがしちゃったんだ。あの照れたようなニヤッて笑い方じゃない。病気のせいというよりも、歓迎されていない気がして、ぼくはひどく落ち着かない気持ちになった。でもそうだよね。友達ったって、まだ一回会っただけの人なんだよな。

「ごめんね。もっと早く来ようと思ったんだけどさ」

友子さんは言った。

「一口って思ってお酒、飲んじゃって」

「けんか、した?」

「うん。ふられた。結婚、だめになっちゃった。ごめんね。広一、あの人、好きだったのにね」

その時の広一くんの顔って、ぼくは今でもよく覚えている。大人の顔だった。すごく色々な感情が一気に浮かび上がり、そのどれもをひっこめようとやっきになっている感じがした。

友子さんは佳奈を見た。

「悪いね。ヘンな話して。でも広一と二人っきりの時言い出したら、あたし、絶対じめじめしちゃうもんね」

「うん！　おばさん、独身だったのね」

「実は」

「あたしも、息子をつくってから、独身になろうと思うの」

佳奈の言葉に、友子さんは思いきり吹き出した。ぼくは頭がくらくらした。

「なんで？」

そう尋ねた広一くんは、すごく皮肉な顔をしていた。当然だ！

「家の中には男が一人でいいと思うの。オットよりムスコのほうがかわいいと思うわ」

「まーったくね！」

友子さんは大声で叫んだ。話が聞こえている他の患者さんたちもげらげら笑っていた。

「佳奈ぁ……黙ってろよ」

ぼくは顔から火が出そうになった。

「カナっていうの?」

広一くんはあの野郎に尋ねた。

「そうよ」

「カンナみたいな服着て」

するとと、真っ赤なサンドレスの彼女は花が咲いたようにぱっと笑った。

「ほんとよ。これ、カンナの服」

娘を着せ替え人形だと思っているウチの母は、この夏、三色のサンドレスを作ってしまった。それを佳奈は花の名前で呼んでいた。ひまわり、キョウチクトウ、カンナ。

佳奈がいつまでもうれしそうに見ているので、広一くんは目のやり場に困って、下を向いてしまう。そんな息子を、友子さんはじっと眺めている。

「早く元気になって、遊んでもらうんだね」

母親の言葉に、広一くんは顔をあげて、ゆっくりとうなずいた。

そして、夏休み最後の日がきた。家の中では佳奈がヒステリーを起こしていた。原因は彼女が手下にしているクラスメートどもだ。あのマヌケな女たちは、遊びに来いという女王陛下の命令を、宿題を理由に断ったのだ。宿題？　おかげさまで、こっちがそいつを出来なくなった。お母さんは、さっさと洋裁教室へ逃げ出すし、ぼくもこれ以上、とばっちりをくわないために、外へ出るはめになったんだからな！

桜台のショッピング・センターをうろうろしていると、広一くんに会った。彼はほほのあたりが少しやせて、よく光る黒目がいっそうくっきりとして見えた。ちょっとぎこちなく、やあ、と言ってきた。ぼくは緊張した。好きな女の子にでも会ったみたいに、やたらどきどきしちゃったよ。

ぼくらは、チョコミント・アイスを買ってベンチに腰をおろした。

「母さん、参っちまってさあ」

広一くんは、ため息をつくように言った。

「失恋のイタデ？」

「うん。それで、たまんないのは、ぼくに気を落とすなとか、がっかりさせてごめんとかそういうこと言うんだよね」

「がっくりきてんのは、自分だよね」

ぼくはわかったような口をきいて、アイスクリームにかぶりついた。彼の態度が人なつこかったので、すぐにリラックスしちゃった。

「うん。ぼくは喜んでんのに」

えっ？　という感じで、ぼくは広一くんの顔を見た。

「ぼくは喜んでるんだ。ウレシイ顔、見せないように必死なんだ。なのにさ。すごい偽善者っつうか、極悪人みたいな気がしてくるよ」

広一くんは唇にチョコチップをつけたまま、そう言った。

「オレ、うそつきなんだ。母さんに結婚なんかして欲しくないよ。驚いた？」

「ううん」

ちょっと意外だったけど、そういう気持ちのほうがわかる気がした。

「オレ、君たちがお見舞いに来てくれた時、ブータレてたろ。気になっててさ」

「何が」

「あの日、朝から母さん待ってたんだ。ぜんぜん来なくって。やっと来たと思ったら、一人じゃなくて……」

「邪魔者が約二名」

「ごめん。なんか、どうしようもないんだ」

「いいよ。気にしてない」

　ぼくは明るく言った。そんなことを素直に謝られると困ってしまう。でも、広一くんの、お母さんに対する気持ちって、すごいなって思った。ぼくだって、病気の時はお母さんが来てくれるのを待つけど、友達が一緒だったら、もっとうれしいもの。やっぱり、ウチの母と友子さんを同じに考えるのは間違いかな。

　広一くんは本当に元気がなかった。火が消えている。はじめてプールで会った時の広一くん。体の中にすごいエネルギーの発光体を持っていて、内側からびんびん光っているように見えたのに。

「うちに、来ない？」

ぼくは思い切って誘った。

「佳奈がすごいゼリーを作ったんだ。うまくすると、食えるかも」

「なんで、姉さんなのに呼び捨てなの？」

「そう呼べって言うんだもん。外国みたいでかっこいいんだってさ」

すると、彼は笑った。

「君の姉さんって、いいね」

「今日、ヒステリーだよ」

ぼくは思い出して、突然不安になった。

鍵をあけて、ノブをまわすと、案の定、ドア・チェーンがかかっていた。ぼくは自分の家の前で、ぎゃあぎゃあわめいた。情けないったら。それでも客が広一くんだとわかると佳奈は素直にチェーンをはずしたんだ。

彼女は濃いピンクのサンドレスに着替えていた。ぼくはぞっとした。佳奈が家の中でこれを着ているというのは、最高にきげんが悪い証拠だ。

「広一くんの退院祝いに、佳奈のゼリーをごちそうしてもいいかい？」

イチかバチかの賭《か》けに出た。

「あんた、あれ、食べたいっていうの？」

にらみ殺されるかと思った。

「食べたい」

広一くんがにやにやしながら、そう言ってくれたおかげで、ゼリーは食卓にのった。

家中で一番大きい透明なボール。そのボールいっぱいに、ブルーのミント・ゼリーと、グリーンのリキュール・ゼリーを混ぜて冷やし固めた。たぶん、佳奈は青と緑がマーブルのようにきれいに混ざると思ったんだろうな。でも、なんだか奇怪なミックス。青と青緑と緑。よくよく見ないと、色の区別がつかないんだ。これを昨夜、佳奈は大騒ぎして作った。きっと、例の手下どもに食わせるつもりだったんだろう。

スプーンを三本出してきて、ぼくらはボールから直接、食べることにした。一口、食べたところで、ぼくは吐き出しそうになった。

「塩と砂糖、間違えただろう！」

「間違えてないわ」

佳奈はすましている。

「あ、海。海だ！」

いきなり、広一くんが叫んだ。ぼくはその時すごいって思った。佳奈はもっとそう思ったんじゃないかな。目が光って、顔が真っ赤になったんだ。

八月三十一日。ゆるい冷房をきかせた団地の部屋。プラスチックのボールの中の海。青と緑の冷たい、しょっぱい、不思議な味の海だ。ぼくらは頭を寄せあい、時々誰かとスプーンをカチャっとぶつけたりしながら、それを食べた。

スプーンの上のゼリーは、まるで透きとおった色ガラスのかけらのようなんだ！ ひと口めは、南の海の波、きらきらしたブルー。ふた口めは、海草の色、謎《なぞ》めいたグリーン。み口めは、深い冷たい水底《みなそこ》の色、青緑。

いつかどこかで見た、一番美しい海の風景を、ぼくらは思い浮かべていた。はだにひりりと痛い日差し、熱いにおいの夏の風。佳奈も広一くんも、そんなイメージを追うかのように、ちょっとうっとりした遠いまなざしでボールのゼリーをすくっていた。

とは言うものの、それはごくごく始めのうちだった。なんたって、しょっぱいんだよ！　食べれば食べるほど、塩からさが、そのたまらない味が口の中にじんじんこたえてくる。いつのまにやら、我慢比べの世界に変わり、ぼくたちはすっかり意地になってスプーンを動かした。うんうん言いながら、もう明日は死ぬんじゃないかなと思いながら、夢中になって食べた。食べた！

ボールが空になると、ぼくらは顔を見合わせ、誰からともなく笑い出した。もう、息が止まるまで笑いころげた。

「吐きそうだ」

とぼく。

「舌がしびれた！」

と広一くん。でも、佳奈は急に恐ろしくまじめな顔になって、こう言うんだ。

「終わりよ」

泣きそうな顔をしていた。

「食べちゃったのよ」

ゼリーのことを言っているのではなさそうだった。ぼくも広一くんも笑うのをやめた。これが、一つの儀式だったことにようやくぼくらは気がついた。

何が終わろうとしているのか。夏だ。何を食べてしまったのか。夏だ。ぼくらは佳奈の作った、すごい味の小さな海を食べて、この夏を終わりにしてしまったのだった。

佳奈と広一くんがピアノを弾いている。まるで、一つ覚えのようなサマータイム。あの下手くその佳奈に、広一くんの伴奏が出来るのは、けがの功名だ。ぼくがしょっちゅう口笛を吹いているから、サマータイムのメロディーを覚えてしまったんだ。

広一くんは、まるで生き返ったように、鍵盤《けんばん》をたたいていた。彼の中に光が戻った。本当にピアノが好きなんだなと思う。それでも、ぼくが一番、広一くんの動かない左手を意識するのは、彼がピアノに向かっている時だ。

時間をかけて着がえをする時、さいふからお金を出す時、足で押さえてジュースの缶を開ける時、彼はどんな時でも、一人で右腕一本で落ち着いてやってのけた。ぼくがちょっとでも手伝うそぶりを見せると、きっぱりと断った。

でも、ピアノは違うんだ。どんなに、両手で、お母さんのようにがんがん弾きたいだろうなと思ってしまうよ。左手の伴奏をつけてくれる人を、彼がどれほどしみじみと好きになってしまうか、わかるような気がした。

佳奈のやつ！

二人は息がぴったりとは言いがたかった。やっぱり佳奈は下手くそだ。それでも広一くんは、めいっぱい楽しそうだった。佳奈も広一くんも、あんまり世界中で二人っきりって顔をしているもんだから、ぼくはだいぶいじけてしまって、ベランダごし、道路の向こうのB—2の近くに咲いているキョウチクトウの群れを眺めた。毒々しいピンク。濃いピンク。佳奈のサンドレスと同じ、日差しに負けない強い色が、目のくらむような輝きをはなっていた。

多少の予感はあったけれど、ぼくはすっかり佳奈に広一くんを取られてしまった。二人は学校が違ったが、夕方や週末にちょこちょこ会っているみたいだった。なんと、自転車の特訓を始めたという。病院の隣の広い東公園の土の広場で、ぼくの自転車を使って練習する。広一くんの自転車は、前に転んだ時、ハンドルがこわれてそのままになっていた。

ぼくは一緒に行かなかった。行っても良かったんだけど、やっぱり、ちょっと気がひけたんだよね。正直言って悔《くや》しかった。男のぼくより、佳奈なんかのほうがいいのかって。そんなに何回も会ったわけじゃないのに、ぼくはすっかり広一くんに魅《ひ》かれていたんだ。

ものすごく特別な人って感じがした。彼の内側の光にぼくは感電する。あの感情をいつわらない、ちょっとはにかんだ、カンの鋭い言葉がたまらなくいい。もちろん、腕のこと抜きで、広一くんを考えられなかったけれど、それがすべてじゃないんだ。

しょうがないな。姉弟だし、きっと似たようなこと思ってんだ。佳奈は、十二歳だけど、女だし、やっぱ、ホレたんだろうな。よく、あっちこっち、すり傷をこさえて帰ってきた。あのすましやの佳奈が、大事な服や顔をすっかり汚して、うれしそうな様子で帰ってくる。

——今日は調子が良かったわ。もうちょっとじゃないかなあ。でも、なんで、あんなにこわがるのかなあ。ほんと、あんた以下だわ。

そんな風に自転車の特訓の話をぼくにした。

駆け足で秋は過ぎた。そして、あれは、十一月の中頃だったと思う。ぼくの自転車が見るも無残にがたがたにこわされてしまったんだ。犯人は佳奈だった。どんな風にぶっこわしたかは、いまだに白状しない。理由は一言、あのイクジナシ！　きっと広一くんとけんかをしたんだ。もちろんぼくは怒った。両親は、もっと怒った。そして、その結果はというと、新品は買ってもらえず、佳奈の赤いチャリがぼくのところにまわってきたんだ！

ぼくは、腹立ちがおさまらないまま、広一くんを訪ねた。ろくでもないことになっている気がしたので、場合によったら謝らないといけなかった。でも、何度行っても会えない。いつも留守なんだ。ぼくは彼の電話番号を知らなかったが、意地でも佳奈に聞く気はおこらなかったね。そして、そのうち隣に住む叔母さんから、広一くんと友子さんが引っ越したことを聞いたんだ。

一ケ月くらいして、広一くんから手紙が届いた。ぼく宛《あて》と佳奈宛の二通。それは、あっけないほど短い手紙で、友子さんのことも、佳奈や自転車のことも、何一つ触れてなかった。佳奈宛の手紙の内容は知らない。ぼくはやはり短い返事を出し、佳奈はついに何も書かなかったと思う。

あっというまに、すべてがささやかな夏の夢に変わってしまった。それっきり、連絡はとだえ、彼のこと、彼の手のこと、プールやゼリーや自転車の思い出も、いつしか記憶の片隅に薄れていった。

ピアノの音だけが残った。ぼくは、ピアノ教室に通い始め、やがてヤル気のない姉を追い抜いた。それでも、ぼくはなぜ、柄にもなく、ピアノを弾き続けるのか、自分でもよくわかっていなかった。片手のピアニストの姿は、もう頭にない。ただ、ぼくの体のどこかに、あの夏に刻まれた音が生きていたのだろうか。強いタッチの右手の和音。友子さんの嵐《あらし》のような酔っぱらいプレイ。佳奈と広一くんのちぐはぐな連弾、サマータイム。

ぼくは、今、十七だ。高校でジャズ研にはいった。深い意味はなく、ただピアノが弾けるというだけで、勧誘されたんだ。ここで、あの曲に再会した。

眠っていた記憶が一つずつ目覚めた。ぼくは聴くだけでなく、自分の手で弾きたいと、切に思うようになった。クラシック・ピアノしか知らないぼくに、ジャズのタッチはむずかしい。それに、あのややこしいコードというのは、まったく冗談ごとではないよ。

今になって初めて、友子さんの偉大さがわかる。一度、偶然に聴いた彼女のピアノの音をぼくは思い出そうとしてみた。あれは、いったい何の曲だったのかな。

団地の狭い部屋に置かれたグランド・ピアノ。ジンのにおい。細い指先が繰り出す、きらびやかな音の洪水。左手の和音、鍵盤に触れるのが見えないほどスピーディーな右手の踊り。広一くんが最高だとほめた母親のサマータイムは、いったい、どんな音をどんなリズムでどんな響きで弾いていくのだろうか。

ぼくは思い立って、浅尾友子のレコードを探し始めた。廃盤が多くて二枚しか手にはいらず、どっちにも、サマータイムの演奏はなかった。彼女がもうだいぶ前に引退してしまったことを、ぼくはぜんぜん知らずにいたんだ。

友子さんは、幸せになれたんだろうか。広一くんは今でも母親の結婚に反対だったりするんだろうか。ぼくは猛然と二人に会いたくなった。会って、話して、そして二人のピアノを聴きたいと心から思った。

そんな話が出来るのは、佳奈しかいなかったが、彼女はまるで相手にならなかった。忘れたのではないと思う。何かにこだわり続けている気がした。ぼくの自転車をぶっこわした佳奈。あれ以来、広一くんのことをこれっぽっちも口にしなかった。佳奈の記憶の中の広一くんは、いったいどんな姿をしているのだろう。

当時のワガママお嬢ちゃんは、いよいよ迫力を増して、イジワル娘に成長していた。相変わらず、手下を大勢持っている。マヌケな男どもだ。早いとこ恋人でも作って、いい加減、弟にかまうのをやめてほしい。

この間、サマータイムを練習していたら、いつのまにか、佳奈が背後霊のように立っていたんだ。

「なんて、下手くそ!」

そう言いながら、もう一度弾くように命じた。もう一度。そして、もう一度。

八月。夏の終わり。

ブザーに答えたのは、佳奈だった。

「進! お客さんっ」

玄関から、かん高い声で叫ぶと、佳奈はそのまま外に出て行ってしまった。

ぼくはしばらく、その長身の青年がわからなかった。

「表札、変わっていないから、大丈夫だと思って」

そう言って、照れたようににやっとした、その笑い方、目の光、頭の奥のピントが突然ぴたりと合った。

その時の感情はえもいわれない。思わず、声がうわずっていた。

「伊山くん、あんまり変わんないな」

「そ、そうかな。……広一くんは、変わったなあ！」

ぼくは、まじまじと眺めまわしてしまった。初対面のプールの時と、そっくりの失礼な目つきでね。目のやり場に迷う、例のはにかんだ表情が、ぼくの胸を熱くした。

大学一年の彼は、家族と離れて、この近くに下宿していると言う。

「お母さん、元気？」

ぼくが聞くと、広一くんは、やはり、どことなくはにかんだ様子でにっこりした。

「うん。まじめに主婦やってる。オレ、妹が出来たよ。まだ、赤ちゃんだけど」

「……ああ結婚したんだね！　幸せ？」

「うん。なかなか……と思う」

微妙に間のあく、とぎれとぎれの会話に笑ってしまった。なんだか照れ臭くてだめだ。昔みたいに素直に話せない気がする。佳奈はどこに行ったんだろうと思いながら、口にするのをためらった。

広一くんはぽつぽつと自分のことをしゃべりだした。主に大学の話だった。理工系の学校に行っている彼は、コンピュータのハードの研究に熱中していた。ぼくは適当にあいづちを打っていたが、不得手な分野でよくわからない。相変わらず光の強い彼の目を見ながら、信じられないくらい大人っぽくなったなとつくづく思った。もともと大人っぽい子供だったが、早くも本物の大人になってしまった。

ぼくは十九歳の浅尾広一にすっかりとまどった。昔話なんか持ち出す雰囲気じゃないんだ。ぼくはなつかしさにふるえながらも、彼との距離感をつかみかねていた。だから、なんだか、おそるおそるって感じで尋ねた。

「ピアノ、やってる？」

「ああ、そう言えば弾かないな」

広一くんはしごくあっさりと答えた。

その時の失望があまり深かったので、ぼくは広一くんの伴奏をするためにピアノを続けていたような気持ちになった。ぼくはジャズ研の話が出来なくなった。サマータイムを弾けるようになったことを言うのもやめた。何も簡単なことじゃないか。こう、言えばいいんだ。

——たまには弾いてみない？　実は、ぼく、やってんだよな。ピアノ。ねえ、ちょっと、一緒に弾こうよ！

ぼくは、きっと、ひどく女々しい性格なんだと思う。それがわかっているから、おセンチに見られるのを、やたらと恐れるんじゃないかな。妙に格好をつけちゃうんだ。広一くんに部活のことを聞かれて、ぼくはスカした野郎になった。

「ちょっと、ジャズ、とかやってるけど……ピアノ」

最後につけ加えると、突然、まっかっかになってしまった。

「ああ」

広一くんの目が輝いた。

「君が！」

それは、心に深々と残るような言い方だった。意外、という驚きじゃなく、つまり、つまり、なんか、まるで……。うん、あんまり、おセンチなこと、言うのはやめるけど、でも彼は喜んだ。喜んだんだ！

「これは、母さんに言わないと」

広一くんは言った。

「もっと、うまくなったら、弾くから。君や君のお母さんに聴いてもらえるように、もっと練習して」

ぼくは言った。広一くんは大きくうなずいた。八月の太陽のように、明るい強いまなざしがまっすぐにぼくを見る。

「ああ、ぜひね。本当にね」

何かがつながった！　あの遠い日から今までの、すべての夏がピアノの音で数《じゅ》珠《ず》つなぎになった——そんな最高の感じがしたんだよ。

帰り際、玄関で広一くんは言った。

「お姉さんによろしく」

そこで、ぼくは尋ねた。

「昔、佳奈とけんかしたの？」

広一くんは、ふっと顔をくずした。

「そう。オレ、すごい怒らせちゃった。みっともないね。びびっちゃって、ぜんぜん、自転車、乗れなかったんだ」

「あいつ、ぼくの自転車、めたくたにこわしたんだぜ」

「えっ？」

広一くんは目を見張った。でも、ぼくはかぶりをふった。

「なんでもないよ」

佳奈の話は、ぼくがしないほうがいいような気がした。

アネキはきっと一目で広一くんがわかったんだと思う。ぼくは、妙な確信があった。それで、あいつは逃げ出した。なぜ？

それは、佳奈が自転車をがたがたにしたり、手紙の返事を書かなかったり、ぼくのピアノを聴きたがったりするのと、同じことなんじゃないかな。もしかすると、佳奈は、ぼくよりもっと、〝六年前〟をそっくり心に残してこわすことが出来ずにいるのかもしれない。

ぼくは、そんなことを考えながら、五階の階段の踊り場から下をのぞいた。ここから、C―3の入口がよく見えた。ぼくは広一くんをエレベーターのところまで、送ってきたのだ。

そして、ぼくは佳奈の姿を見つけた。なんだか背筋が寒くなるような感じがして、あわてて階段を二、三歩降りかけた。まずいよ。それは、まずいよ、佳奈！

彼女は自分の自転車のハンドルにつかまって立っていた。厳しい午後の太陽に照らされて、長い巻き毛が白っぽく乾いて見えた。ぼくはわかった。彼女は、広一くんと入れ替わりに家を出てから、ずっとそこにいるんだ。昔より一まわり大きな赤い自転車を引き出して、いつ出てくるかわからない広一くんをこの炎天下にずっと待っていたんだ。真っ白い強烈な日光の中、帽子もかぶらず、きっと触れると手が痛いほど髪の毛を熱くして……たくさんたくさん汗をかき、小生意気な頭をくらくらさせて……。

ぼくにとって広一くんがピアノであるのと同様、佳奈にとって、彼は自転車だった。ぼくは、そのバカげた感情が痛いほどわかった。でも、だめだよ。彼はもう大人なんだ。ぼくだって、彼にピアノを弾けとは言わなかったんだ。浅尾広一に、今さら自転車のことなんかで恥をかかすのはやめろよ。

「佳奈ぁ！」

ぼくはどなった。彼女は上を見上げた。でも間に合わない。広一くんが出てきてしまった。二人は顔を合わせ、言葉を交わした。それはすごく自然な感じに見えた。やがて、広一くんは佳奈からハンドルを受け取ると、ゆっくりと赤い自転車をひいて歩き出した。ぼくは鼓動が速くなった。乗る気だろうか。乗れるんだろうか。

広一くんがサドルにまたがる。ああ、乗る気だ。右手がハンドルを握り直す。

やっぱり乗れるんだ。そして、彼は佳奈に何かを言った。

白いスカートの佳奈が荷台に横座りして、広一くんの背中をかかえた。あっと思う間もないすばやい動作だった。

二人乗りの自転車が軽々とスタートをきる。広一くんは、やや腰を浮かしぎみにペダルをこいだ。車体は少しのぐらつきも見せない。ぼくは息をつめて見ていた。なかなか、あんなスマートなスタートは出来るもんじゃないって、思いながら。

後ろに佳奈という荷物を乗せて、右腕一本のハンドルさばきで、彼の自転車はぐんぐん加速していく。二つの車輪が八月の光をけちらした。彼等の進む方向、B―2のキョウチクトウの垣根。そのすさまじい桃色の中に赤い自転車は一気に溶けていくようだ。

ぼくの頭の中でふいにピアノの音が踊り出した。

右手だけの力強いサマータイム！

五月の道しるべ

家に黒いお化けのようなアップライト・ピアノが届いた！　私はそれが〝来る〟ことを知っていたが、なぜ来るかは知らなかったし、うかつにも自分に関係があるとは思っていなかったのだ。

新品のそいつは、つやつやとよく光り、さわると指のあとが残る。それは、なんともうれしい、ゾックリさせられる瞬間だった。私はクッキーのバターがしみこんだ手で、ピアノにべたべたと模様をつけて遊び、母のお目玉をくらった。

「ピアノが怒るわよ！」

当時、小学校にはいりたての私には、その言葉がやけにずしんときたものだ。私はピアノを恐れていた。なにしろ大きすぎる。背もたれのない丸いすに腰かけ、ピアノに向かうと自分が世界中で一番チビのような気持ちにさせられるのだ。

重たいふたをのしっとあげる。巨大な歯のような真っ白い鍵盤《けんばん》がずらずらとどこまでも続いていく。ピアノはその大きな歯をむいてにににに、キキキキと笑う。私がキーをたたくと、たしかにそんな音がした。

ピアノの黒は悪い黒だ。やみ夜の色、ごきぶりの色。

頭をキンとさせるようなにおいがする。

私はすぐにピアノがきらいだとわかった。そして毎日それを弾《ひ》かされることが決まるとピアノは、かつてない手ごわい敵になった。

私は母にうったえた。

「なんで、あたしだけなの？　進はやらなくていいの？」

「男の子はピアノを習わないものなの」

私の通っていたピアノ教室には、ちゃんと男の子がいた。だが、母にそのことを説明してもむだだった。一つ違いの弟の進は、自分の幸運に気づきもせず、それが、いよいよ私をむっとさせた。

私は自分のイライラを、まゆの中のかいこのようにひっそりと育てていた。五月の誕生日に進が新品の自転車を買ってもらった時、イライラは最初の爆発をおこした。私の四月のバースデー・プレゼントは、あのピアノだ。そして、私の自転車は同じ団地のB棟に住む従姉《いとこ》のお下がりだった。

不公平だ。当時はそんな立派な言葉を知らなかったから、ずるいずるいとわんわんわめいた。両親は怒った。そして、私にピアノの値うちを理解させようとさんざん骨を折ったが、それはむだな努力だった。ピアノの値段がいくらだろうと、弾けるようになるのがどんなにすばらしいことだろうと、私はかまいやしない。

私はピアノは欲しくなかった。進は一番欲しがっていた自転車を買ってもらった。これはサベツだ。私は、ずっとずっと小さい時から、弟が自分よりいい思いをしないように、気をつけて見はっていたのだ。

「なんて、わがままなんでしょう」

母はなげいた。

「今の自転車がこわれたら、新しいのを買ってやるから」

母より甘い父がとりなした。

「ふうん。じゃ、すぐにこわすわ」

私は言った。本気だった。

両親はとても恐ろしい顔をした。あの顔を私は今でもよく覚えている。彼らには、私のイライラはさっぱり理解できなかったのだ。

ピアノの練習は、いつも母の〝見はり〟つきだった。団地の狭いＬＤＫのリビングの端にピアノ、キッチンの端に流し台がある。母は夕食の支度をしながら、私のピアノを聴いた。タンタタンタンと野菜を刻む音は、私の音階練習よりは、はるかにリズミカルで聞いていて気持ちのいいものだった。

「ほら、違う。音がとんだわよ。ラの音を抜かした」

「わかってる！」

「だって、さっきもラを抜かしたのよ。ちゃんと譜面《ふめん》を見てる？」

「見てる。あたしは指が五本しかないのに、どうしてドレミファソラシドは八個あるのよ。このピアノって大きすぎる！」

「ピアノはみんな一緒よ。ちゃんと練習すれば、誰だって出来るの」

ドレミ…ファ…ソ…ラシ……ド。

「そうよ。それでいいの」

私たちは背中を向けあって、しゃべっていた。母は流しやガス台に目を配り、私はみがきたての歯のような鍵盤をにらんでいる。そして、私の後ろのソファーには、進がしょっちゅうゴロゴロところがっていたのだ。

「ああ、うるさい」

進は耳からイヤホーンをはずして言った。この時間帯には、進の好きなアニメーションの再放送がある。

「あんた、ジャマよ！　どっか、行っちゃってよ」

私は声をとがらせた。

「なんで、いっつも四時半にやるんだよ。今じゃなくたって、やれるじゃないか」

弟はふくれた。私がわざとこの時間をねらって練習するのを彼は知っているのだ。

「ねえ、テレビ、もう一つ買おうよ。キミオくんチなんか、ちゃんと二個あるんだよ。ゲーム用にさ」

「残念でした。ピアノ買ったから、うちは赤字なの。お金がないの。そうでしょう？　お母さん」

母はため息をついた。そして、進にテレビを消して外で遊ぶように命令した。

「けえええっ」

進は思いきりわめいたが、言いつけには従った。そして、腹立ちまぎれに、私に向かって悪態をついた。

「アマダレ、アマダレ。下手くそのこと、アマダレって言うんだよ。あまだれぇ」

私は黙ってドレミファソラシドを左手で弾いた。

「アマダレじゃ雨がかわいそうだな。ゴマダレだもんな。ゴマダレ。佳奈《かな》のブタ肉」

私は目をつりあげて立ち上がったが、進の逃げ足は速かった。

玄関でしゃくにさわる弟はどなった。

「母さん、シャブシャブやろう！　ゴマダレが食いたい」

五月も半《なか》ばを過ぎた。うっすらと汗ばむような春の日差しの中、若葉のにおいがむんむんたちこめている。このきついにおいをかぐと、なんだか空気に緑の色がついているような気がして、胸がわくわくしてしまう。髪や指先や舌がいつのまにか緑色に変わっているんじゃないかと思って、鏡をのぞきこんだりする。

伊山《いやま》佳奈。こんな名前じゃ五月はつまらない。もっと木の精のような不思議な感じの名前が欲しくなって、私は進に言った。

「今度から私のこと、カーナって呼ぶのよ」

弟は歯ぎしりして、いやがったが、逆《さか》らう度胸《どきょう》はないので、カーナ、カーナとセミの鳴き声のようにさえずった。

うん。まあ、それでもいいわ。五月だから。道を歩いていても、急に駆け出したり、スキップしてしまったりする五月だから。

私は、学校の帰りに新しい道を見つけた。私たちが、このニュータウンに越してきてから、まだ一年たっていないので、きりがないほど広い団地の中は、知らないところがいっぱいあった。私の住むC―3の建物と公園をはさんで向きあっているのがC―1。C―1の駐車場から階段を上って、歩道橋を渡ると付近で一番大きなショッピング・センターに出る。はずれには、私鉄の駅がある。このあたりは病院、図書館、郵便局、市民会館などの施設が集まっているセンターなのだ。

小学校はぜんぜん方向が違った。駅前広場から循環《じゅんかん》バスで三駅先の桜台マーケットのそば。桜台マーケットには、食料品店、洋品店、書店などがちまちま並び、センターに比べるとちゃちなゲームコーナーには、いつも三、四年の男の子たちがたかっていた。私は一人の時は、このうるさい男の子たちの中を通るのがいやだったので、わざわざマーケットをよけてE棟の団地を抜ける遠まわりをする。

その水曜日も私は一人で帰った。

E—26からA—7への近道は、くぼ地のようにえぐれた小さな原っぱだ。まだ、キャッチボールをする男の子たちの姿は見えず、原っぱはしんとして、春の午後の眠くなるような光がほわほわと揺れていた。

ミズキが白い花を枝一杯につけている。幹のあまり白くないやせっぽちのシラカバも、スペード形の新葉を楽しげに風にちらちら揺らしていた。スズメがヤマザクラの枝から枝へと忙《いそが》しく渡っている。どこかでカワラヒワが鳴く。

私は薄い水色の空をあおいで、鳥の姿を探した。大きな空をゆるゆるとちぎれ雲が流れていくだけで、長い間見つめていると、目が涙っぽくなってくる。緑のにおいがする。風が強い緑のにおいとなって押し寄せてくる。

急にじっとしていられなくなって、ダバダバと駆け出すと、ランドセルの重みで後ろへひっくりかえりそうになった。

「おっとォ」

一人で笑う。その時、A棟の団地の建物の間に、濃い桃色の光が見えた。光、のように見えたのは、あんまり色が鮮やかだったから。花だ。それもいっぱい。何の花なんだろう。

私は一瞬ためらった。そこが家と反対の方角で、しかもずいぶん遠くに見えたせいだ。このニュータウンでは、迷子になるのはあまりにも簡単なことだった。そっくりの建物、道、マーケット。だから、知らない所を一人で歩くのは、親にかたく止められていた。

それでも私はまっしぐらに桃色の光をめざした。当時から、親のいいつけを守ることにあまり熱心ではなかったのだ。

花はつつじだった。五月には、街にあふれる花、なあんだと言うほど見あきている花。それでも、A—36とA—34の横顔の間にはさまる細い道には、色とりどりの様々な大きさのつつじが植物園のようにわんさか咲きそろっていたのだ。

狭いわき道のため、車歩道の区別はなく、ほとんど人も通らない。両側の建物の高いベージュの壁のすそをふちどるように、つつじのかん木はずらずらと続いていく。紫、ピンク、朱、白、黄色。数が多く、めだつのは、オオムラサキの紫がかった紅のおおぶりな花だ。そのオオムラサキの親戚《しんせき》のアケボノは、淡《あわ》いピンクに紅のはん点を散らした、ひときわかれんな花で、私は一番好きだと思った。こぶりな紅色の花は、ミツバツツジの種類。そしてキリシマの仲間で、ふたえのかわいいクリームピンク、ひとえの朱色。珍しい黄色は、シャクナゲのヒカゲツツジ。

もちろん、当時の私はくわしい花の名前など知りもしない。それらは、まとめてつつじだった。大きいのも小さいのも、ひとえもふたえも、ツツジ類もシャクナゲ類もみんなつつじ。そして、花はまた色でもあった。

ピンク、ピンク、ピンク、濃いもの、淡いもの、紫がかり、紅がかり。なんとたくさんの桃色があるのだろうか。その桃色の雲を縫《ぬ》うように、白、黄色、オレンジがぽっちりとまじる。

本当に長い間、私は息をつめて、二列のつつじの群れをながめていた。新しい道。美しい道、つつじの道。

やがて、じっと見ていることにあきると、私は花が欲しくなった。原っぱや道ばたの雑草以外は、取ってはいけないと教えられていたので、つつじも手を出してはいけない花なのだ。でも、私も友達も弟の進も、ちょいちょいつつじの花をむしりとっては、ラッパのように口にくわえ、おしりの部分のかすかに甘いミツをすうのが好きだった。

つつじはどこにでもある。花もたくさんつく。一個二個三個取っても、誰にもわからない。七歳も六歳もそう考えた。実際、見とがめられることは、まずなかった。

私は一番おしげのない感じのオオムラサキをつんだ。ほんのちょっとだけ、チュッと甘く、すぐに味のしなくなる花。つつじのミツをすう時は、絶対に一つだけではすまなくなる。私は次々にオオムラサキをむしっては、味見をしてすてた。そんな風に、短いつつじ並木の中をはしからはしまで歩いてしまった。

何気なく、ふりむいた私は、オオムラサキの花が点々とつながる、濃い桃色の道しるべに目を見はった。ヘビのようにきまぐれな曲線だ。左右の花をつんで、私がちょこちょこと歩いた道を、ピンクの線がなぞっている。

私は胸がどきどきした。自分がやったことではない気がした。証拠を残したなと思った。

（どうしよう）

このままにしておいたら、誰か大人がやってきて、花をつんだことを怒るかもしれない。でも、ひろってしまうのはいやだった。知らない間に出来た花の道しるべは、どうしようもなく、私をわくわくさせたのだ。何か特別な意味があるような気がした。たとえば、物語の中の大好きな人達を、ここに連れてきてくれるような……。

私はすっかり夢中になった。

もっともっと、きれいにしよう。誰もがあっと言うほどきれいな道しるべを作ろう！

オオムラサキの花をきちんとふせて置き直す。淡いピンクのアケボノをちぎって、オオムラサキの花の間にいれてみる。道のはしまで走って様子を見る。

うん。なかなか。でも、もうちょっと。

キリシマもたくさんつんだ。薄い黄色のヒカゲツツジも並べてしまった。

道しるべは、まるで美しい花のくさりのように、その世で一番かわいいヘビのように、舗装道路の上に横たわった。私はながめて満足した。

午後の日がだいぶ傾いている。建物のかげがどっしり道に広がって、花の色をなんだか寒い感じにしている。A―36のベージュの壁は西日を受けて、やけに赤っぽく見えた。私は放り出したランドセルを背負った。急に家が恋しくなった。

何かに熱中していて、思いがけず時間がたってしまったことに気づくと、いつもちょっとだけこわくなる。A棟の建物や人のいない道がひどくよそよそしく見え、帰ろう、さあ帰ろう、と胸の中で号令をかける。

だが、なかなか動けなかった。この道しるべ、そのすばらしい花の道しるべを残していくのがつらいのだ。

「ごめんね。帰らなきゃ。明日、明日、また来るから」

道しるべに話しかけたが、明日まで、花の列はそこにあるだろうか。じっとしていてくれるだろうか。

私はいいことを思いついた。

「家まで、つれていったげるよ！」

C—3の505号室まで、道しるべをつなげればいいのだ。誰かが、これを見てやってくるなら、当然、伊山佳奈の家まで来なければならない。誰か？　誰？　誰だろう。すてきなお客さんがいい。五月のすてきなお客さんにきまってる！

私はスカートのすそを持って、つつじの花を手当りしだいにつんでいった。もう色は何でもかまわなかった。たくさん、たくさん数がいるのだ。別れ道や曲り角に、ちゃんと置いていけるだけのつつじが必要だった。

最初に音がした。私はあんまり夢中になっていたので、そのすさまじいガラガラが自分のそばに近づくまで、気づきもしなかった。ガラガラガラガラ。道路を車輪がこする音。普通の自転車なら、あんなにうるさい音はたてない。ガラガラガラ。まだ自転車に乗れないチビがつけている補助輪のひびきだった。

私はふりむいて、弟の進が、真新しい補助つき自転車で、つつじの道しるべをひいていくのをじっと見ていた。なぜか、声をたてることができなかった。大小四つの車輪が、濃いピンクや薄いピンクや朱色の花を次々とふみつぶしていく。私は自分の胸がつぶれるような思いがした。道しるべがこわれる！

進は私に気がついた。

「あっお姉ちゃん……じゃなくて、カーナ」

彼は感心にも私をカーナと呼んだ。大きな黒目がうれしそうに光っている。進もまた、親の言いつけを破り、一人でこんなに遠くまで来ていたのだ。だいぶ心細かったところ、思いがけず私を見つけて喜んだのかもしれない。

だが、私は返事をしなかった。進は、私が手をはなし、スカートから足元にこぼれ落ちたたくさんのつつじの花をまじまじと見た。

「ああ、あーあっ……」

いっけないんだっと言おうとしたのだろうが、その前に私はおんおん泣きだしていた。

「こわしたぁ、こわしたぁ、進のバカぁ」

弟は自転車にまたがったまま、ひどくおびえた顔をした。でも、私は彼を指さして、泣きながらどなった。

「あんたが悪いのよ。直してよ。もとどおりにしてよ」

進は自転車がふみにじった花の道しるべと私の顔をかわるがわる見比べた。そして、自転車をおりると、道に散らばったつつじの花を一つ二つひろい上げて、また私を見た。

「直してよ!」

私はさけぶ。一度かんしゃく玉がはれつすると、とことん泣きさけぶのが私のくせだった。

大切な花の道しるべ。あんなきれいなものの上をどうして自転車で走ることができるのだろう。なんでこんなバカな弟がそばにいるのだろう。急に冷たく強くなった夕方の風が、車輪にひかれた花の列をいよいよバラバラにこわしていった。

私は泣きながら自転車を足でけった。進の補助つき自転車。あのいまいましい新品の自転車。がしんと耳ざわりな音がして、自転車はよろめいたが、三十センチほど地面をすべっただけで、たおれなかった。

進は怒りもせず、ますます大きく目を見開いた。やがて、彼は道に散らばったつつじの花をひろい集めて、自転車のかごに入れた。つぶれた花も、無事だったものもおかまいなしにどんどんひろっている。自転車をそのままにして自分がちょこまか動きまわるため、全部の花をひろってしまうまでにはずいぶんと長い時間がかかった。

かごにぎっしりつめこまれた明るい色の花たちは、夕ぐれの光の中でくろぐろとして見える。私は、そのもっそりとした不気味なかたまりから目をそらした。それは、つつじでも道しるべでもなく、私のぜんぜん知らない不吉でいやなものだった。

母は、私がヒステリーをおこしたのを一目で見やぶった。わけを説明しなければならず話していくうちに、私はちょっと分が悪いなと思った。

「わざとお姉ちゃんが作ったものをこわしたんじゃないわね。意地悪したんじゃないでしょ？」

母は進に聞いた。進は大きくこっくりとうなずいた。

「お姉ちゃんにあやまったの？」

かぶりをふる。まるで言葉をどこかに置き忘れてきたみたいだ。

「ごめんなさい、は？」

母にうながされても、進はむっと押し黙っていた。自分が悪くないと思っている時の進はひどくがんこで、誰の言うこともきかない。

「きれいに咲いているお花を、そんな風にむしっちゃいけないのよ。わかってるわね」

母はそれ以上進にかまわず、今度は私に向かって言った。

「うん」

私はしぶしぶ答える。母が進の味方についているのがわかるので、おもしろくない。

「たくさん取ったの？」

「うん」

「どのくらいたくさん？」

その質問に答えるのはむずかしかった。気が進まなくもあった。

「百個かな？」

私は首をひねった。

「進の自転車のかごにうんといっぱい」

「そんなに取ったの？」

母は声をはりあげた。

「だめよ！　そんなに取っちゃダメ！　お花を取ったりしたらいけないの。さあ、もうしないって約束してちょうだい」

けっきょく、私が怒られたのだった。これはおもしろくないので、母がいなくなると、私は進をめいっぱいこづいた。

「明日の朝までに、お花、もとどおりにするのよ！　いい？」

「どうやるんだよ」

「自分で考えるの！」

するど、進は見たことがないほどこわい目をして、私をにらんだ。大きな黒目がちぢんで白目ばかりになったように見えた。


その晩は、私が先にお風呂《ふろ》にはいった。進とは同じ部屋を使っているが、彼はまだ、つつじの花を一階の自転車置場に放りっぱなしにしているようだった。蛍光灯がぼやぼや光る夜の自転車置場は、ずいぶんと気味の悪い場所だ。あの薄暗がりの中のつつじの花のかたまりを思い浮かべると、なんだかいい気がしない。進はどうするつもりだろう、と私は考えた。それとも、どうもしないつもりかしら。

私はお風呂が好きで、とても長い時間はいっている。スポンジのアヒルを湯船にしずめたり、紙せっけんをとかしてみたり、シャンプーのあわで鏡に絵をかいたり、やることはいくらでもあるのだ。進とつつじの花のことはいつのまにか忘れていると、いきなり浴室のドアが開いた。

進だ。その時、私は薄い水色の湯船につかり、あがる前の〝百数え〟をやっていた。

「七十七、七十八……なあに？」

いきなり、ふぶきのように、紅色のひらひらがふりかかってきた。一気にぱあっと、私の頭をめがけて、濃いピンク、淡《あわ》いピンク、朱色、薄紫、白のこまかいかけらが落ちてくる。鮮やかな色に飲みこまれて、私は一瞬息ができなくなる。

つつじだ。つつじのふぶき。

進は、砂場用のバケツを空にしてしまうといかにも気分よさそうに、にやりとした。私はあっけにとられて弟を見つめた。頭から花びらをすくって手の平でながめると、つつじはだいぶおおざっぱに引きさかれている。それにしても、やわらかい花びらをこれだけちぎるのは、ずいぶん根気のいる仕事だろう。

ドアのしまる音がして、進は姿を消した。私は、湯船に浮かんだこまかい花びらを、お湯と一緒にじゃぶじゃぶすくった。それはとてもきれいだったが、こわくもあった。花が完全に死んでしまったのがわかるので、こわかったのだ。紅や朱や濃い桃色のかけらは、花の血のようだ。進が花を殺してしまったと思い、私は湯船の中でみぶるいした。

A棟のわき道に咲きこぼれていたつつじ。その枝先の生きている花が頭に浮かんだ時、私は悪いのは自分であることに気がついた。私がむしりとって、私がすてて、進がつぶして、進が引きさいた。でも、最初は私だ。

自転車が道しるべをひいてしまった時のショックが、あまりに大きかったため、進ひとりが花をめちゃくちゃにしたような気持ちがしていた。だから、母が進より私を怒るのがゆるせなかったのだ。

生きている花をつんだのは私なのに、それが美しい道しるべであるうちは、つつじが死んでいることがわからなかった。花が、自転車のかごの中の黒いかたまりになった時、かすかな悪い予感がめばえた。そして、進が花を小さなかけらに変える。血のような花ふぶきにとりまかれた今、私はすっかりおびえてすくんでしまったのだ。

自分がとてもとても残酷な気がした。明るい色の小さな花のかけらが、髪やはだやお湯の上や白いタイルの洗い場の床に散っているのを、きれいだなと思い、こわいなと思い、胸がどくどくと鳴って苦しかった。

私は本当に長いこと、お湯の中で、身を堅くしてじっとしていた。湯気が頭につまって、なんだか首がくらくらするようだった。

「ちょっと、いつまではいってるの!」

母が私をひきずりだしにやってきた時、その力強い声に、はっとして目をみはった。しかし、母は私よりもっとはっとしたらしく、小さな悲鳴をあげたのだった。

「何?　何よ、これ!」

色とりどりの〝つつじ風呂〟。

私はまだぼんやりとしていて、返事が頭の中に用意できなかった。母は、湯船に浮かんだつつじのかけらを手ですくいあげた。

「まあ……」

なんとも言いようがない声で、母はうめいた。

「つつじよ」

私はやっと声を出すことができた。そして、身の安全のためにつけくわえた。

「進がやったのよ」

母はお湯の中をかきまわしていたが、透明なおかしな形のかけらを、いくつか手の平にすくいあげた。それは、もちろん花びらではなかった。私はしばらく考えてみた。そして、ようやくその正体がわかった。丸めたセロテープとセメダインのかけらだ。

急にほのぼのとおかしくなった。進の気持ちが、そっくり理解できた。弟は私に言われたとおり、傷ついた花をもとにもどそうとがんばったのだ。彼はセロテープとセメダインを使って、破れた花びらをつなぎあわせようとした。きっと、さんざん苦労したのだろう。どうにもならなくて、頭にきて、ついに、花をばらばらにしてしまったのにちがいないのだ。

私はなんだか、ほっとしたように明るい気持ちになって、湯船から、ざんぶりとあがった。

「シャワーを浴びなさい。髪にいっぱいついてるわよ」

母が命令した。

私はくもった鏡を手でふいて、自分の姿をうつしてみた。ぬれた髪に点々とはりつく、濃いピンクや朱のつつじのかけらは、なかなか悪くないながめだった。

「ねえねえ、私、ちょっと、お姫さまみたいに見えない?」

私は、手おけで湯船のつつじをひろっている母をふりかえって言った。

「はやくしなさい。かぜをひくから」

母の声はふきげんだったが、私はもう、すっかり、物語の王女のような気分になっていて鏡の前でポーズをとってみたりした。

「五月のつつじ姫のカーナよ」

私はそんな風に宣言した。そして、シャワーの水を思いきり出すと、母がまだそこにいて、

「あらあら」

と言いながら、ぬれた頭を押さえて、つつじのかけらを集めた手おけを持ったまま、あわてて外へ出ていったのだ。

九月の雨

1

九月はキライだ。とにかく憂鬱《ゆううつ》で、もう、うんざりの頂点の季節じゃないかと俺は思うよ。長い休みの終わり、さらにさらに長い新学期の始まり、休みに慣れた頭と体を学校用に調整するのも大変だが、今、俺を悩ませているのは、何といっても、胸の奥のこのダルさだった。

だるいんだ。強烈な残暑。夏がじりじりと火葬されていくみたいな不吉な日差し。一転して、雨。終わりがないような九月の雨。

ダルいの、タルいのって言っても、別に病気じゃない。誰にも同情してもらえない類《たぐい》のちょっとしたメランコリーさ。ここンとこの俺は、まるで晴雨計《せいうけい》のように微妙に機嫌《きげん》が切り替わる。

そういえば、昔、おじいちゃんの家に、天気によって色の変わる猫のおもちゃがあったな。あんな風に俺も皮膚の色が変わるといいのに。雨の日はピンクに、晴れの日は水色に。あれ？　逆だったっけな？　曇りの日つまり、地の色は、確か灰色がかった紫だった。小さくて、ありふれたスタイルで、どことなくメランコリックな顔つきをした猫だ。あいつをもう一度見たいな。どうせなら、生きている奴《やつ》がいい。灰紫のお天気猫チャン。

雨の音がピアノの音色の中に溶けていく。昨日も雨。おとといも雨。猫は毎日ピンク。当分はぐずついたお天気が続くでしょうと、天気予報のおじいさんがテレビで言っていた。九月の長雨。そして、母さんは、語呂《ごろ》合わせのように、陳腐《ちんぷ》な洒落《しゃれ》のように、スタンダード・ナンバーを愛用のグランド・ピアノで弾くのだった。『セプテンバー・イン・ザ・レイン』――九月の雨。

「広一」

ピアノの音がとぎれ、居間のガラス戸ごしに雨を見ていた俺の脇《わき》に、いつのまにか、母さんがふらりと立っていた。

「あたし、この週末は、家にいるんだけど、あんた、何か予定ってある？」

「ナイよ」

「ああ、そう」

母さんは、口をすぼめ、眉《まゆ》をひそめ、お定《き》まりの表情を作り出した。何か言いにくいことをしゃべる時の前触《まえぶ》れだ。

「誰か来るの？」

俺は先手を打った。なにしろ勘《かん》の鋭い子供なもので。

「うん。種田《たねだ》さんがね。来たいって」

「いいよ。じゃ、俺、友達ンとこ、行くからさ」

とても物分かりの良い子供なのだ。

「だめよ。あんたがいなくっちゃ」

俺は一瞬、ドキリとした。

「えっ？　何？　もう、そんな話、出るの？」

俺たちは、真顔で見つめあった。長身で独身で癖《くせ》っぽい美人で、ちょいとマイナーなジャズ・ピアニストの母親は、心底《しんそこ》、憂鬱そうにため息をついた。

「違うわよ。バカだね。あの人は、いつだって、あんたに会いたがるじゃないの」

口調がいつになくトゲトゲしていた。

「ただのゴキゲン取りさ。将を射んと欲すればって奴じゃないの。二人で会いなよ。俺、恋人の息子役ってキライ」

「かわいげないね」

「だって、もう、バイクの免許が取れる年だよ」

俺はさりげなく会話の雰囲気を変えようとしたが、母親は乗ってこなかった。それどころか、いつになく哀願《あいがん》するように声を湿《しめ》らせる。

「ねえ、広一。お願いだから」

オネガイダカラ——男は女のこの台詞《せりふ》にめっぽう弱い（そうだ）。でも、俺は男だけど、彼氏じゃなくて息子なんだ。何も泣き落としにかけなくてもいいじゃないか。その辺のケジメはつけてほしい。

「二人きりになるのはイヤなのよ」

じゃ、なんで、家になんか呼ぶんだよ！　俺はその言葉を飲み込んだ。まったく！　水もなしで、巨大な錠剤《じょうざい》を一気に飲むようなもんさ。

「わかったよ」

「うん、ゴメン。よろしくね」

結局、母さんは思い通りにする。いつだってそうだ。一度、パターンが定着すると、それをぶちこわすには、すごいパワーが必要だ。今、俺はダルくて、パワー不足、ガス欠だ。

俺はぼんやりと、パターンのことを考えた。昔はどうだったんだろう。ガキの頃。まだ、父さんが生きていて、三人家族だった頃、いったい、誰の言葉が家の中で一番、力があったっけな。——だめだ。うまく思い出せない。イメージが弱いんだ。そんなに昔々のことじゃないのにな。

父さんが自動車事故で死んでからまだ七年しかたっていない。運転席の父さんは即死、助手席の俺は左腕をつぶされ、以来、義手をつけた生活。〃大惨事〃だ。母さんにとっても俺にとっても、あの事故は、太くて真っ黒の恐ろしい直線のようだ。人生が真っぷたつに分けられる。それ以前とそれ以後。

母さんも俺も、〃それ以後〃が、相当にキツかったもんだから、あんまり〃それ以前〃の思い出に涙する暇がなかった。母さんはプロのピアニストとして家の大黒柱をめざし、俺は片手の生活に自分を慣らす。俺は、わずか十六年の〃駆け出し〃だが、すでに二つの人生を生きてきた気がする。大袈裟《おおげさ》かな。でも、そう思わないと、今がツライ。あれはあれ、これはこれ、たぶん、俺は年にしては、いやらしくクールに育っているんだ。

俺は自分の部屋に行き、机の引き出しから父さんの写真を引っ張り出した。三人で住んでいた家を引っ越して以来、母さんは一度も死んだ夫の写真を飾っていなかった。俺もそれにならった。暗黙《あんもく》の了解《りょうかい》というわけ。

薄情者《はくじょうもの》の母子なのではない。たぶん、俺たちは、写真立ての中に閉じ込められた父さんの姿を見たくなかったのだと思う。写真はどれも父さんによく似た別人だった。ちがう、と思う。それでも、その違いは説明のしようもなく、生身の父さんを頭の中に呼び返してみては、もどかしさ、悔しさに息がつまった。

手元の写真の父。バンドの仲間に囲まれてなんとも気持ち良さそうに笑っている。片手にテナー・サックス。くちひげとほおひげをはやし、細めた目がとても若い。年齢不詳のダンディー。でも、この時は確か、もう四十を越えていたっけ。

俺は今、父の写真などを見ると、申し訳なく、気恥ずかしく、妙に後ろめたい心持ちになる。母さんを守ってやれなかった、と、どうしても思ってしまうのだ。

母さんは、夫の死後、二年目にして、新しい恋人をつくった。それが、早過ぎるかどうかはどうでもいいんだ。だって、〝時効《じこう》〟なんて、誰にもつくれやしないだろ。俺はむろん平気じゃなかった。小学生だったし、腹もたったが、なにしろ本音はびくびくしていた。これ以上、どんな不幸がやってくるのかと思った。父ばかりか母までが、俺の手の届かないどこかへ行ってしまう気がした。

でも、母さんは堂々としていた。明るくてちっともこそこそしていなかったし、バンドのドラマーの彼氏は、すごく素敵な人だった。母さんより二つ年下だったけど、やはりヒゲをはやしていて、父さんの仲間で、父さんを尊敬していた。母さんは、結婚したい、と言った。俺は、いいね、と答えた。でも、二人の仲はわりとあっけなくこわれた。

それからも、母さんは、何人かの恋人をつくり、いつも家に連れてきては、嬉《うれ》しそうに俺に紹介した。二度、婚約した。そして、決まって、喧嘩《けんか》別れ。

母さんはわがままで、〝ええかっこしい〟だ。でも、俺は気づいてしまった。母さんの恋人には必ず二つの共通点があることに。一つ、音楽家。一つ、渋いハンサム。

母さんは、父さんを探している。

賃貸マンションの薄い壁を突き抜けて、母さんのピアノが聞こえてきた。ああ、また、同じ曲。セプテンバー・イン・ザ・レイン。もう、このうっとうしい雨ふりにあてつけているとしか思えないね。イライラする。同じ曲を何日も繰り返し聞かされるからじゃなくて（そんなのは、しょっちゅうだもの）弾き手がイライラしているのがわかるから、こっちもイライラするんだ。伝染病だ。イライラの押し売りだ。なんたって、俺は顔を見るよりも、ピアノの音を聴くほうが、母さんの機嫌が良くわかるんだから。特に、今みたいにきままに弾いている時。レコーディングやライヴの曲の練習なんかじゃなく、暇つぶしや気分転換や指ならしにピアノと戯《たわむ》れている時だ。

母さんは悩んでいる。じれている。何か、感情をもてあまして、くさっている。

窓の外の天気のように、ずんぶりと落ち込んでいる。

ああ、よく降るな。俺の部屋——マンションの三階の北のはしの窓を水滴があわただしく転げ落ちる。向かいの雑居ビルの濃紺のタイルの壁に、無数の透明な短い直線が斜めに突き刺さる。

机の横の窓からの眺めは、三分の二が向かいのビルの壁だ。カーテンを開けておくと、よく医者の待合室なんかに飾ってある、下手くそな油絵の海のようなブルーが、いつも、部屋いっぱいに広がってしまう。息苦しいほど小さな空はねずみ色。見下ろすと、二つの建物の間の狭い道を、傘を持たない男が一人スッスッスッと走っていく。Tシャツ姿。全力疾走。雑居ビルの裏口に吸い込まれる。ピアノの音がテーマを奏《かな》でる。いや、メロディーをイライラと叩《たた》く。雨の音。表通りから車のクラクション。

『九月の雨』は、古い映画の主題歌。センチメンタルな回想の歌。盲目のピアニスト、ジョージ・シアリングのテーマ曲。彼の五重奏団のミリオン・セラーのタイトル・ナンバー。とても、きれいな曲だよ。何も、こんな降りやまない雨のように、うっとうしく弾き続けなくてもいいと思うよ。

俺は父さんの写真をしまった。目を閉じると、まぶたの裏に、ほんの一瞬、いきいきとした映像が浮かび上がった。テナーを吹く父さん。でも、サックスの音色は聞こえてこない。目を開くと映像はあっけなくこわれた。そして、俺は代わりに、種田一郎の顔をいやというほど思い出したのだ。なんとも冴《さ》えない、どこといって取り柄のない、灰色の貧乏神のように不景気な小男。ハンサムでも音楽家でもない、母さんの新しい恋人。

ピアノが再び、曲を繰り返す。いったい、いつまで弾き続けるつもりなんだろう。

2

今年の夏は母さんの友人の別荘で過ごした。高原の避暑地《ひしょち》。別荘の近くの小さなホテルのバーで、母さんは一ケ月の間、ピアノを弾いた。

音楽家にとって、夏はかき入れ時で、母さんも毎年、どこかのバンドのメンバーとなって、日本全国ドサまわりをやる。まあ、体力が資本のピアニストは、当然、一年中、旅がちだが、夏は特に家に落ち着いていたためしがなかった。それが、今年は一ケ月もヒトトコロに腰を据えて、一緒に過ごした。金銭面でも内面でも、決して母さんの気にいるような契約ではなかったが、結構楽しげにカクテル・ピアノまがいの軽い演奏をやっていた。

母さんは何も言わなかったが、俺はだいたいの事情を知っていた。バンドの人間関係がこわれて、母さんがクビになったこと。いらいらして酒を飲み過ぎて、ちょっと内臓を弱らせちゃったこと。そんな風に母さんが荒れるのは初めてじゃなかったけど、俺が気になったのは、彼女が傷つき、怒るというよりは、疲れてメゲている様子だったことだ。とても気になった。

母さんも後数年で四十だ。なんだか寂しげで怪しげでちっぽけで、ロクに客のはいっていないホテルの薄暗いバーで、ポロンポロンなんてピアノを弾く母親を見ると、ああ、働いているんだな、と強く思った。ピアノに向かう母さんを見て、そんな風に感じたことはないんだ。つらかった。俺は十六で、生活能力がなく、そう、とにかく、力がない。

ウチは、父さんの事故のお金があるから、そんなに悲惨な生活ってわけじゃないんだ。いざとなれば、母さんの実家にだって、転げこめるし……。でも、そういう問題とも違う。浅尾友子の人生、浅尾広一の人生。当然、誰だって、みすぼらしいのはイヤさ。

それでも、最初のうちは悪くない夏だった。母さんと、二人きりで、こんなにゆっくりできたのって、いつ以来だろうな。散歩したり手のこんだ昼食を作ってみたり、食器の片づけもせずにテーブルでいつまでもダラダラとしゃべり続けたり。母さんの生活パターンは一緒だ。夜遅くまで仕事で、昼前には起きてこない。

ただ、午後がだんぜん長かった。避暑地の午後は夏の光が透明に満ちあふれ、セミやカッコウの鳴き声が胸の奥にシンシン響く。緑の色が濃い。いつのまにか、呼吸が、寝息のように安らかに深くなっていくのがわかるようだ。

別荘のテラスでお茶を飲む。近くを川が流れ、水音が涼しい。幹のすんなりとひきしまったクルミの木が、たくさん見える。細長い葉が風に揺れ、白い光がチロチロと踊っている。時折、舌たらずのウグイスが鳴く。そんな午後は永久に日が暮れないような、とろんと眠たい、のびやかな気持ちになる。

「ずっと、こんな風に暮らそうか?」

と母さんが言う。心から賛成!

「でもねえ……」

母さんは、ほおづえをついたまま、目を閉じる。

「これは、夏の夢、なのよね」

そうかな。秋だって冬だって、母さんの気持ち一つで、二人で平和に暮らせるじゃない。

「休暇、よ」

「仕事、してるじゃない」

「でもねえ……」

本当は、わかっている。母さんに、のんびり、は似合わない。今は疲れていても、いずれ元気が戻ったら、アルコールとスモークとビートのきいた楽器がうなる深い闇《やみ》の中に、降りていくだろう。

母さんは、俺の母親である前に、浅尾友子だ。それを寂しいと思う年齢はどうやら過ぎたが、今は、どこか悲しい。母さんがかわいそうなような気がする。休んでほしい。休むのが嫌いな人だからこそ、休んでほしい。できるなら、俺が休ませてあげたいと思うのだ。

母さんの友人――別荘のオーナーで、著名《ちょめい》なコラムニスト――が、弟を連れて避暑にやってきた。「おとなしい男だから、気にしないで!」、辛口《からくち》の映画評論と毒舌《どくぜつ》で知られる彼女は、そう言って弟を紹介する。まあ、えらく雰囲気の違う姉弟だよ。四十を越えてどちらも独身。ちょっと奇妙な感じだ。

ひとおりの挨拶《あいさつ》がすみ、母と友達は、何やら腕を叩き合い、笑いころげるようにして台所のほうへ消えていく。

「だからァ、あたし、ちゃんときれいに使ってんだよオ。ほらァ」

母さんは、なぜか一気に二十年も若返り、俺のクラスメートのような口調で叫んでいる。残された俺は、ちょっと照れ臭い思いで、目の前の男を眺めた。

灰色の顔。皮膚に生気《せいき》がなく、目鼻立ちがどこかぼやけている。弱ったな、という表情——子供に慣れていない大人がみせるおびえた顔——が、よけい彼を、おどおどときゅうくつな様子に見せていた。いつまでたっても口を開く気配がないので、俺は仕方なく台詞《せりふ》を考えた。

「暑くないんですか?」

つまらない台詞だ。

「ああ」

イエスともノーともつかない返事をして、彼は、およそリゾート地に不似合いの、グレーの背広をもそもそぬいだ。背広をぬいでしまうと、まるでモンペのようなダブダブのズボンの形が、やたらと目につく。小さな男だ。俺より頭一つは、優に小さい。

「冷房と炎天下を出たり入ったりしていると細胞がこわれて、背丈がいよいよ縮むような気がしますよ。ところが、実際は耐性《たいせい》ができて、温度には鈍感になる」

物理の授業のように、彼はしゃべった。思ったより低いバリトン。

「会社のお仕事ですか？　大変ですね。でも、ここは、気候がちょうどいいから」

俺が言うと、彼は笑った。笑った、と見えたのだが、まるで、顔をにゅっと歪《ゆが》めたように不自然な顔つきになる。すごい違和感だ。

彼は顔を元に戻し、こう言った。

「君は、礼儀正しくしゃべりますね」

「そうですか？」

変な人だなあ。まるで娯楽SF映画の異星人みたいにピントがずれている。この男が種田一郎。せいぜい三、四日、気まずくならない程度に付き合えばいいはずの男だったのだが……。

人づきあいに天才的な才能を持つ母さんは風変わりで無口な種田にも、さっさとなじんだ。彼自身がもたもたしている間に、母さんのほうで勝手に慣れてしまったのだ。すごい。俺はとてもあんな風にはいかない。

オーナーのコラムニストも派手な性格らしく、休暇のスケジュールは完璧《かんぺき》に組んであった。弟は、終始、別行動。種田は一人でも一向、苦にならない様子だったが、母さんは俺に彼を連れてピアノを聴きにくるように命じた。楽しくない役割だ。あんな男、ほっておけばいいのに。

ホテルのバー。母さんのピアノをここの客席で聴くのは、その時が初めてだった。俺はバーボンでも飲みたかったんだが、種田は勝手にビールを注文してしまった。はんぱな物分かりの良さをはんぱなSF笑顔で表現して種田はグラスをあげた。カンパイ。オレンジジュースのほうがまだマシだよ。

種田はアルコールがダメなのか、顔をしかめてビールをすすりながら、放心《ほうしん》したように母さんを見つめている。いやな目つきだ。そんな目をして、俺の母親を、〝見るんじゃないっ！〟

曲はブルー・ムーン。シュガーレスの甘味料のように、じんわり後をひく甘ったるさ。情けない弾き方だな。毎日こんな演奏をしていたら、腕がどうにかなっちまうんじゃないかな。

「友子さんは、どうして、こんな仕事を引き受けたんですか？」

種田はふりむくと、いきなり、そんなことを聞いた。俺はぎょっとした。マヌケに聴きほれているとばかり思っていたのに。いくぶん落ちくぼんだ目が、古い沼のようにどんより、ひっそりと俺を見すえる。

「生活のためです」

いやらしい答え方をした。嫌味にも冗談にもならず、俺は、ひどく、みすぼらしい気分になった。

「レコードを持っていて、友子さんは、二曲だけ弾いているんだけど、とてもいい演奏だった」

種田は下を向いて、ぼそぼそとしゃべった。俺はアルバム・タイトルを尋ねた。ずいぶん前のヤツだ。もう廃盤《はいばん》になっている。

「母さんを知ってたんですか？」

「そんなによくは知らない」

種田ははにかんだ。くわせモンだ。とんでもない野郎だ。

「ファンだ、とでも言えればいいんだけど、ナマで聴くのは、実は初めてで……」

「ふだんは、もっとマトモですよ」

「君はきびしいね」

曲が変わった。茶色の小瓶。

「友子さんが言っていたけど、君はがんばりやの分だけ、自分にも人にもきびしいと」

「そんなこと、ない」

二人で何の話をしてるんだ。

「君の手のことだが……」

それきた！　やっぱり、それだ。どいつもこいつもコメントせずにはおかないんだ。

「ぼくは想像力がないもので、ぼんやりしてるし、どうも不安だ。補助するのが当たり前ということがあれば、教えてくれないかね」

「そんなものはないです。いつも誰かがそばにいるわけじゃなし」

「ああ、そうか」

そんな大げさな顔をするなって。たかが数日一緒にいるだけの相手じゃないか。

「将来の希望は？」

おいおい……。

「働きますよ」

そう、高校を出たら、仕事を見つけるつもりだった。ハンディはきついが、それでも俺にできることだってあるだろう。種田は大げさにうなずいた。不景気なだけじゃなくて、クソ真面目《まじめ》な男だ。始末が悪い。

「なんで、結婚しないんですか？」

俺は意地悪い気持ちになって、尋ねてみた。別に聞くまでもない。さぞ、モテなかったんだろうよ。

「女の人に死なれましてね」

俺はビールを吹き出しそうになった。ウソだろー。

「恋人？」

「そう。うつ病気味で、とても死にたがっていた人なんです。ぼくのことで、死ぬ機会を狙《ねら》っていたんですね」

「はっ？　自殺、ですか？」

「事故、かもしれない。……結局わからなかった」

「で、ずっと彼女のことを思って？」

「いやいや、ただ、恐《こわ》くなった。女の人から尻込《しりご》みしているうちに、コツを忘れてしまったんです」

コツ……ねえ。まあ、一つ、二つ、三つくらいコツがいりそうだけど。

「広一くんは、大人と対等に話す言葉を知っているようだね」

「母さんが、そういう風に教育したんです。便利でしょう」

なんだか唐突《とうとつ》に無性に寂しくなった。……らしくない母さんのピアノや、不景気男、種田との変テコリンな会話。このちっぽけなバーが、この世のどこにも続いていない異次元の孤島のような気がした。プールのような水色の空間にぽっかり浮かんだチンケな島。

なぜか、そこには俺たち三人がいた。三人だけで……。俺と母さんと種田。

種田は、まるで十一月のように陰気な背景をしょって、グラスのビールをすすりこんでいた。黒い沼。枯れたすすき野原。にぶく光る銀色の空。人間のいない広い恐い風景。彼のひっそりとした気配は、あたりの空気にしみとおり、物の色を薄め、温度を下げ、俺は血管の中まですっかりひえびえとした。

曲が変わる。あ、これは、まずい。サマータイムだ。俺はこの曲をこんな気分で聴きたくない。目の前に灰色の種田をすえて、おまけに肝心の母さんのピアノは上っ調子のセンチメンタリズム。

「帰ります」

あわてて席を立った。

「おい、広一くん」

サマータイムは母さんのオハコ。そして、俺はこの曲には、特別の思い出があるのだ。

3

三年前の夏だった。まだ隣の県のニュータウンに住んでいた頃、ひょんなことで仲良くなった伊山《いやま》姉弟とのエピソード。元気で、気持ちの優しい弟。奇抜でわがままで息を飲むほどキレイだったお姉さん。夏に咲く原色の花より、もっとキラキラしていた、その一つ年下の女の子が俺は本当に好きだったのだ。

俺はあの頃、片手でピアノを弾いていた。左手がダメになって何よりこたえたのは、ピアノがまともに弾けなくなることだった。赤ん坊の時からピアノをおもちゃに育っていた俺にとって、ピアニストになろうと思うのは、いずれ大人になって結婚しようと思うのと同じくらいあたりまえのことだった。

世の中には片腕の素晴らしいピアニストだっているのよ、と、母さんはパウル・ヴィットゲンシュタインやレオン・フライシャーの名をあげて俺を励ましたが、彼等が腕や腕の機能を失ったのは既にピアニストとして名声を得てからのことだ。もっとも、九歳のピアニストの卵の絶望ははるかに単純だった。腕がないのだ。いったい、この楽譜《がくふ》の左手の部分をどうやって音にするのだ。

それでも俺はピアノの前を離れなかった。右手で好きな曲のメロディーを弾いた。童謡、歌謡曲、ジャズのスタンダード・ナンバー。ものすごい未練だ。つらいくせに悲しいくせにたまらなく不安になるくせに、そのお遊びがやめられない。俺にもまだ音が出せる、メロディーを作り出せる、と実際にいちいち確かめてみたかったのかもしれない。

そのうち、母さんが左手の伴奏をつけてくれた。うまかった。俺の左手より、ずっとずっとうまいはずなのだが、俺はなぜか自分で弾いているような錯覚《さっかく》に陥《おちい》ったのだ。

すうっと気持ちが楽になる。自由になれる。それは、まるで、なつかしい大事な何かが帰ってきたような本当に暖かい気持ちだった。

俺は弟のほうの伊山くんに、片手弾きのサマータイムを披露《ひろう》した。何の気なしに弾いたのだが、伊山くんはこっちが驚くほど本気でしみじみと感動してくれた。

彼はピアノのことをよく知らない。それでも、彼がほのぼのと口にした、「うまいね」の一言は俺に効いた。やけに嬉《うれ》しく感じた。

夏休みの最後の日、彼の家に招かれて、お姉さんの佳奈《かな》ちゃんと連弾《れんだん》した。俺が右手、彼女が左手、曲はサマータイム。

佳奈ちゃんのピアノはお粗末だ。当然、コードなんて知らないし、いきあたりばったりに押さえる和音が見事にメロディーにそぐわない。それでも俺は楽しかった。真剣な表情の彼女の横顔はとてもキレイで、近くにいるとドキドキする。俺が口で和音を指示し何度も繰り返すうちに、なんとか曲らしくなってきた。聴き手の伊山くんに、どう？　って尋ねると、彼はげんなりした顔でかぶりをふった。いい耳をしている。結局、みんなで大笑いをして終わったっけ。

秋がきても、俺の耳の中にはサマータイムのメロディーが鳴り続けた。きっと佳奈ちゃんと時々会っていたせいなんだろう。彼女は俺が自転車に乗れるようになるのを手伝ってくれていたのだ。

そうだ。俺は自転車に乗れなかった。白状すると、未《いま》だに乗れない。片手になってから一度、手ひどくコケたことがあって、その時の恐怖感から、どうしても立ち直れない。ひどいものだ。もう、まるっきり、バランスが取れなくなっている。

転んだ時に、右手をねじった。たいした怪我ではなかったが、それで、ダメになった。自転車に乗れなくても生きていけるが、右手までどうにかしてしまったら、自信がない。いや、そういう理屈じゃないんだ。あの、ぐらぐらした、ふらふらした、宙に浮いたように不安定な、あの状態がコワイ。胸が悪くなる。俺はあんな風にあぶなっかしく宙に浮かんでしまうのはイヤで、ちゃんと自分の二本の足で、ちゃんとちゃんと堅《かた》い地面を踏んで歩きたい。

だから、佳奈ちゃんが、いくら熱心になっても、俺はとんと上達《じょうたつ》しなかった。もともと母さんに似て、俺も〝ええかっこしい〟だから、好きな女の子の前で、無様《ぶざま》な姿をさらすのはたまらない。でも、やめようと言うのも情けなかった。

ニュータウンの一角の広い公園の土の広場で、俺たちは練習した。俺の自転車はこわれていたので、伊山くんのを借り、佳奈ちゃんは頼りない細い腕で、荷台を支える。俺は何度もコケた。時には彼女を道連れにコケた。佳奈ちゃんは、腕をすりむいても、かわいいスカートにかぎざきを作っても、平気な顔で笑っていたけど、俺は彼女を傷つけるのも恐ろしく、いよいよ手足が緊張して、いくじなしになりさがった。

やめよう、とついに言ってしまった。気の強い彼女はイクジナシとののしった。タチの悪い喧嘩《けんか》になった。彼女は俺の腕のことで全然、遠慮したりせず、いつもはそんなところが一番好きだったのだが、その時はとても残酷に感じた。

それっきりだ。彼女とはそれっきり会っていない。引っ越してから手紙を出したが、結局、返事はこなかったのだ。

苦い味の初恋になった。

サマータイムを聴くたびに思い出すのは、けんかした秋と、そして、伊山くんと三人で会った夏の日のこと。佳奈ちゃんが作った、塩辛いミント・ゼリー。大きな透明なボールのブルーのゼリーを俺たちは海のつもりで食べた。夏休みの最後の日。彼女は夾竹桃《きょうちくとう》と同じ濃いピンクのサンドレスを着ていた。ゼリーの青を、ドレスのピンクを、鍵盤《けんばん》の白をその輝きをいやというほど覚えている。まぶしい色の夏。すり傷、公園の土ぼこり、イクジナシときめつけられた秋。思い出と呼ぶには、まだ近すぎて、なまなましくて、胸が痛い——それでも、やはり特別の記憶には違いなかった。

4

週末。やはり、陰気な雨の降る夜に、種田一郎は、灰色の背広姿で現れた。俺は食事の支度を手伝ったが、母さんは、およそむっつりしていて、必要なこと以外は口をきかなかった。

「ぜんぜん、うかれてないじゃない」

俺が言うと、人事《ひとごと》のように、そう？　と答える。

「いやなら、会わなきゃいいのに」

「いやじゃないわよ」

「ふうん。お通夜《つや》みたいな顔して」

すると、母さんは包丁の手を休めて、きりっと俺を見つめた。

「あんた、今回は、やけにからむじゃないの。いやらしいわよ」

あのなあ……。これまで、ほとんど、からまなかった点をほめていただきたいもんだ。

「そりゃあ、あんたが、あの人、気にいってないのはわかってるわよ。あの人、色んな意味で見映《みば》えがしないしさ……」

「意外だっただけ。母さんの好みからハズれてるから」

「何を！　わかったような口きいて」

わかってるさ。それなりにわかってるんだ。自分ばっかり大人だと思うなよ。いったい、どこで何を間違って、恋人同士になんかなったんだろう。種田は夏の休暇の後、もう一度週末に訪れ、高原の別荘をひきあげてからも、母さんのライヴに顔を出す。何度か電話がはいる。種田からの電話は、心なしか呼び出し音まで遠慮っぽく響く。

恋人、といったら、オーバーかもしれない。でも、母さんは気のない男と会ったりしゃべったり、まして家に呼んだりするほどサービスのいい女じゃないんだ。

それでも、俺はシャクゼンとしなかった。つまり、恋をした時の母さんをよく知っているからだ。子供のようにほいほい喜んで、あんまりはしゃぐから、俺はしゃくにさわっても、どっかで、しょうがねえなあ……とあきらめざるをえないのだ。完全に彼女のペースにまきこまれてしまう。

ところで、今回。母さんはイライラし、俺もイライラする。

俺はイヤなことを考えている。

母さんは結婚したいのかもしれない。人生にくたびれて、もう少し、楽なポジションを手にいれたいのかもしれない。〝風よけ〟が欲しくなったのかもしれない。

もし、そうなら、そんなの、最低だ。そんな風にギブアップされたら、俺のこれまでの辛抱《しんぼう》、我慢はいったいどうなるんだ。父さんが死んでからの、母さんと俺の道のり、お互いにガンバッテキタと思うからこそ、ならぬ堪忍《かんにん》、するが堪忍。疲れたなら疲れたでいいよ。でも、もうちょっと待ってくれたら、今度は俺が何とかする番なんだからさ。

どうせ、みくびっているんだ。何もできないと思っているんだろう。一人で、二人分、かかえこんだつもりになっているんだ。

イライラする。

静かな夕食だった。母さんは種田の顔を見たとたん、イライラをどこかへ捨ててしまったので、俺はそれを拾い集めて腹の中にたくわえた。二人前のイライラ。それでも、俺は悪感情が表に出ないタチだから、食卓の風景は実にひっそりとなごやかだった。

まるで、カタチから決められてしまったみたいだ。三人でいる風景。はじめは不自然でもだんだんと慣らされていき、いつのまにかそれが当たり前だと思うようになる。なんともオソロシイ。

みんな、自分の持ち話をする。種田は会社の話題、母さんはライヴの話題、俺は学校の話題。それから、共通の話。別荘でのエピソード、音楽の情報。……なごやかだ。

夕食後、母さんはピアノを弾いた。セプテンバー・イン・ザ・レイン。まさか、そのために練習していたわけじゃないだろうけど、種田はひどく喜んだ。音のしない小雨が、闇《やみ》をぬらしている。悪い演奏じゃないんだ。でも、俺はどこか気にいらない。どこか、音がべたべたしている。部屋の湿度がいよいよ増していき、呼吸や皮膚を通して胸の中までべたべたしてくる。

「広一くんも、ピアノをやるんだってね」

母さんのプレイをぼそぼそとほめた後で、種田は言った。いつの話をしているんだ。

「前……にね」

俺もぼそぼそ答えた。

「とても、うまいと聞いたよ。続ければいいのに。もったいないよ」

「続けて、どうするの?」

俺は思わず、カッとした。

「何になるとか、ならないとかじゃなくて、つまり、音のセンスっていうのは、誰もが持っているものじゃないだろう? 貴重だよ。弾けるというのは……。ぼくはうらやましい」

「だったら、あなたがやればいい」

種田は、角のすりきれたアタッシュ・ケースから、玉子色の表紙の薄い楽譜《がくふ》を一冊取り出した。

「君の演奏は知らないけど、ぼくは逆立ちしたって君には追いつかないと思う。右手でドレミファも弾けない」

彼は俺に楽譜を差し出した。

「あげるよ。暇な時にちょっとやってみてくれれば……」

サン＝サーンスのシックス・エチューズ――六つの練習曲作品一三五。俺は、その輸入版の楽譜をパラパラめくった。いったい、どっから掘り出してきたんだ、こんなもん！　一見単純そうに見える音符の羅列《られつ》。その黒いおたまじゃくしの一つ一つがツンと目にしみて、俺は胸の鼓動が早くなった。

「左手のための練習曲なんだがね……」

俺は種田の顔をまじまじと眺めた。

「俺は左がダメなんだけど」

とりかえしのつかないような沈黙があたりに満ちた。ずいぶん長い時間が過ぎたと思われた頃、母さんがおろおろとしゃべった。

「大丈夫よ。右手で弾けるわ。ねえ、これ、とっても優れた練習曲なのよ」

優れたという表現が何だかおかしかった。俺は、思いきり傷ついた顔をしてやろうかと思ったけど、もともと、そういうのが苦手だし、見え透いた茶番劇に立ち会っている気がして、ひどくバカらしくなってしまった。

「弾いてみてよ。どんな風なの?」

俺は母さんに楽譜をつきつけた。

母さんは楽譜を開いて、おもむろにキーを叩《たた》きはじめる。右手で弾く。バッハのミサ曲でも弾くように、ずっしりと重苦しい顔をしている。音楽短大でクラシック・ピアノを専攻していた母さんだから、たとえ初見《しょけん》でもこのくらいの曲はこなせるだろう。でも、時々つっかえる。まるで、すんなり弾けたら申し訳ない、という感じでつっかえる。

俺は種田を見た。彼もこちらを向いた。

俺は言ってやりたかった。こんな中途半端な理解を示すな、と。あっさり無視してのけるのが、一番無難《ぶなん》なコンタクトなんだと。

種田は臆病そうに、にっこりした。必死の笑顔という感じだった。そう、彼はいつも笑うのに苦労している。

「弾けそう？」

彼は尋ねた。

「さあ……」

俺はぼんやり答える。ピアノの音がうるさくなって、窓の外の雨の音を探してみた。ああ聞こえないな。きっと降っているはずなのに音も届かないほど、めそめそした雨なんだ。

母さんは練習曲の二つ目を弾き終えると、俺をふりむいた。俺はゆっくりうなずいてみせた。

そんな風にして、飲みたくもない何かをぱっくり飲み込んだ気がした。そして、もう、腹の中がぎっしりで、これ以上は何一つはいらないと感じ、声を限りに、がむしゃらに叫び出したい衝動にかられた。

5

月曜日には雨があがり、ひさしぶりの青空が、よどんだ熱気をつれてきた。いかにも、九月、だ。晴れの日の暑さも、雨の日のうっとうしさも、だらだらと永遠に続くようなイヤラシさが、この月だ。

学校から帰ると、母さんの姿がなかった。何も書き置きがないから、買物にでも出てるんだろう。それにしても、すごい暑さ。俺は何もする気にならずに、床の上にドロンところがった。リモコンでステレオの電源を入れ、レコード・ラックを物色《ぶっしょく》する。どれでもいいのだが、どれもイマイチ……。こんな気分の時は、どんなに好きなミュージシャンでも冴《さ》えないおせっかい野郎に思えてくるから不思議だ。結局、ジョージ・シアリングを掘り出した。俺のこだわり方も、相当にタチが悪いな。

アルバムはシアリング・オン・ステージ。一九五七年のライヴ録音。観客の拍手の後に『セプテンバー・イン・ザ・レイン』が始まる。俺は目を閉じた。ピアノとバイブラフォンのテーマ演奏、やがてピアノのソロ。盲目のピアニスト、シアリングの指の動きを思い浮かべる。彼の指先の感触は俺たちと同じものなのだろうか。目が鍵盤《けんばん》を追えない分、十の指先に十の瞳《ひとみ》のような鋭く微妙な感触があるんじゃないか。

ふと恥ずかしくなって目をあけた。シアリングさんも、いちいち、こんなことを考えて聴いてほしかないだろう。彼は音楽家だ。芸人じゃないんだ。ピアノのタッチはやさしい。静かで楽しい、いい演奏だ。人の気持ちをゆるやかにする。

母さんが足元に立っていたので、俺はぎょっとして、はねおきた。いつのまに帰っていたのか、全然気がつかなかった。俺がレコードを止めようとすると、母さんは手で制した。母さんは俺の脇《わき》に座り込み、結局、二人で最後までアルバムを聴いてしまった。

「なんで、こーゆー風に弾けないわけ?」

俺は冗談半分で、キツイ嫌味を言った。母さんは真顔で俺を見た。

「ぜんっぜんセンスがないのよ」

そして、笑った。けろっと笑った。謙遜《けんそん》でも卑下《ひげ》でもない、あけっぴろげな笑顔だった。俺は何となく、居心地が悪く、不安な気分にさせられた。

「ねえ、広一」

母さんは言う。

「ねえ、ごめんね」

「何が」

「うん。だから、種田さんのこと」

「何で」

「うん。だってさ、あんたとしっくりいかないじゃない。あの人、悪気があるわけじゃないんだけど、すごく、あんたをイライラさせてるわね」

「母さんはイライラしないの？」

「あたしは、いい人だと思ってるから」

いい人だよ。ほんとに、そうだよ。俺だってそう思うよ。

「何で、そういうこと言うのさ。これまで、全然言わなかったくせに。何で、今度は、そんなに弱気なの」

「あんたね、広一……」

母さんはため息をついた。

「あんた、あたしの兄貴かなんかのような、口、きいてるよ」

「思ったとおりにやればいいじゃない。ずっと、そういう風にしてきたじゃない」

俺がそう言うと、母さんは大声を出した。

「でも、あたしは、あんたをないがしろにしてきたつもりはないのよ」

そうかな？　そうかもしれない。でもさ、俺の顔色をうかがって、びくびくするような母親じゃなかっただろ？　俺はそれに慣れているんだよ。

「母さんはきっぱりしているほうがいいよ。うじうじしてんのはイヤだよ。弱気になんかなるなよ。逃げたり、投げたりするなよ。言い訳なんかするなよな」

「キツイわね」

「あの人、好き？」

「好きよ」

「本当に、本当に？」

母さんはうなずく。

「じゃ、いいじゃない。俺、何も言うこと、ないよ」

強がりなんかじゃない。母さんが、本気で惚《ほ》れているなら、それでいいんだ。だけど、迷うくらいなら、やめちまえ。本当さ。


木曜の夜から、母さんは出張！　ピアニスト浅尾友子さんは、高原から降りてきてすぐ次の仕事を見つけていた。新編成のバンドだが、二十歳のドラマーの他はどの顔も古馴染《ふるなじ》みで気心がしれているという。今週の週末から、しばらく遠出が続くと、珍しく気合いのはいったイイ顔をして出かけていった。

土曜日の昼下がり、種田一郎が、前触れもなく、いきなり家を訪ねてきた。彼は一緒に母さんのライヴを聴きに行かないかと俺を誘ったのだ。

「京都まで行くんですか？　これから？」

「新幹線で行けば十分、間に合うよ」

そりゃ、そうだけどさ。誰も東京から東海道本線で行くとは思わないけどさ。

「一緒に行きたいんだ。行ってくれないか。友子さんのステージを見るのは、これで最後にしようと思うんでね」

「え？　どうして？」

「君たちと——君と友子さんと仲良くなりたかった。でも、どうも、うまくやれない。ぼくは、どうも、どうやったらいいのか、よくわからない。それで……」

「あきらめる？」

「なあ、広一くん」

俺たちは狭い玄関でしゃべっていたのだが、種田はまだ閉めたドアのノブを後ろ手に握ったまま、じっと俺の顔を見つめた。

「なあ、広一くん。そんなに冷《さ》めた言葉ばかり使わないほうがいい」

「冷めた言葉?」

「君は正直にしゃべらない分、とても正直な目をしている。口に出して、バカだキライだと言ったほうが、自分のためだ。君はまだ十六で四十六じゃないんだから」

「でも、正直に言わなくても、あなたみたいに察《さっ》しがいいと、あきらめてくれるでしょう」

俺はそう言った後、さすがにかすかな自己嫌悪《じこけんお》にかられた。それは、胸がすっぱくなるような寂しさに似ている。高原のホテルのバーで種田と一緒に母さんのピアノを聴いていた時にふと感じた寂しさ。

「あのね、母さんはあなたが好きだって言ってましたよ。肝心なのは俺じゃなくて、母さんじゃない?」

「君の年齢なら、それでもいい」

「それじゃ、俺の父親役になりたいんですか?」

種田はうなずく。

「そう。ぼくは、君たち二人と一緒にいたいと思ったんだ」

なんで、そんなことを思ったんだろう、と俺はぼんやり考えた。もし、俺が種田だったら、俺のような息子はいらない。まっぴらゴメン。

種田は笑っていた。たぶん、笑うつもりはなかったんだろう。それだけに、ありふれた暖かい自然な笑顔になっている。彼はまだドアノブを握っている。力をこめているのか指の部分が白く、玄関の薄闇《うすやみ》に浮き出ている。もしかしたら、母さんはこの男を本気で好きになったのかもしれない、とその時初めて思った。直感のようにピリッと思った。

「これまでも、父親候補《こうほ》は色々ありました。俺はその人たちを誰もほんとには好きじゃなかったけど、そんなこと、誰一人、気づきませんでしたよ」

俺は言った。

「友子さんも？」

「そう。母さんも」

「亡《な》くなったお父さんが大事なのかな」

「たぶんね」

「君はよくやっているよ。よくがんばっている。がんばりすぎている」

俺は種田の顔を見た。何で、そんなことを思いついたのか、よくわからないけど、突然、一つの考えが俺にとりついて、きゅうきゅう締めつけ、俺の口を開かせた。

「雨、降ってますか？」

「えっ？　ああ、雨？　まだ降ってない」

「じゃ、種田さん。一つお願いがあるんだけど……」

そう、バカげたお願いがあるんだけど……。

マンションの入口の階段の下から、俺は母さんのオンボロ自転車をひきずりだした。こいつに乗ろうというわけだ。

種田はきょとんとした顔をしていた。不安そうでもあり、落ち着かなげに左右をちらちら見やっている。

部屋の窓から見える、マンションの脇の細い道に、俺は自転車を引いていた。種田は後からついてくる。

「じゃ、お願いします」

「ああ、いいけど。でも、大丈夫かね。こんなコンクリートの地面で……」

「わかんない。でも、ここ、車はこないから安全は安全」

俺は自転車にまたがる。左足をペダルにかけ、右足は地面につける。右手でハンドルをぐいと握ると、体中の筋肉に、余分な力と緊張感がいっぱいに張りつめるのがわかる。首をねじって後ろを見ると、種田が荷台を両手でつかみ、神妙《しんみょう》な顔をしている。

「さあ」

と彼は言った。よし、と俺は思う。ペダルに体重をかける。右足がもう片方のペダルを探る。つかまえる……と思ったとたん、俺はぐらついた。右足がすべってバランスを失う。しかし、自転車は倒れなかった。何かとてつもない巨大な力が俺の背後を支えていた。この心臓の音を種田に聞かれなければいいと思う。早くも脇の下に冷や汗をかいている。

俺は照れ隠しに笑った。

「すいません」

照れ隠しに謝ってみる。

「落ち着いて」

力持ちの背後霊は言った。やせた小男の彼がこんなにたくましいサポーターになるとは、まったく意外だ。

でも、思えば、これまでのサポーターは母さん、佳奈ちゃん。指が商売道具の女性ピアニストに、わずか十二歳の女の子。

佳奈ちゃんの顔を思い出す。ほっぺたに汗を流し、大きな目をいっぱいに見張って俺に声をかける。しっかりしろっ！　と男の子みたいに乱暴に叫ぶ。甲高くてかわいい声。細い腕。小さな指。彼女を後ろに従えて走り出すのは本当に不安だった。彼女の力は弱かった。早く手を離せ。一緒に転ぶぞ。ほら、離せ。ほら、ぐらついているだろ？　ほら、すぐに転ぶんだぞ！

ニュータウンの東公園の広場の乾《かわ》いた土のにおい。いや、違う。ここは、なんとも冷たく堅いコンクリートの地面の上だ。三度目の失敗、落車。

俺の隣で自転車が勝手に立ち上がる。いや種田が自転車を助け起こして、心配そうに俺を見下ろしている。

「平気か?」

そう言いながら、彼の瞳《ひとみ》は、何だか不思議な自信に満ちているようだ。何の自信? えらそうに見下ろしやがって。どうせ、自分は乗れるのに、と思ってるんだろう。誰だって自転車くらい乗れるって思ってんだろう。生意気な小僧がよろよろひっくりかえって、ザマアミロと思ってんだろう。

俺は、ゆっくりと立ち上がった。ひじを打ち、手の甲をすりむいている。雨粒がぽたんとほお骨に落ちてきた。上空を見上げると、低い重いどす黒い雲が左右のビルの間に、まるで、ふたをしたようにのっさりとはさまっている。狭い道、狭い空間が、いよいよ縮んで胸がつまるようだ。俺は鼻の頭の水滴を手で払った。そして、何も言わずに種田から自転車のハンドルを受け取った。

もう一度。彼の支えがあるうちは、自転車は安定してゆっくりと進む。

「もうちょっと思い切って、こいでみろ」

種田の声がかかる。

「スピードが出たほうが、バランスはとりやすいよ」

俺はペダルを速くまわそうとする。でも、支えてくれる種田の手がブレーキになって、ペダルがすごく重い。力をこめる。首筋に汗が流れる。いくらかスピードが増した。と、思ったとたん、彼が手を離したのだろう。突然ペダルがガクンと軽くなった。背中のあたりが同時にふっと軽くなるのだが、まるで羽をもぎとられた天使のような情けなさ。俺はハンドルにしがみつく。足をやけのようにまわした。左右によたよたと揺れながらも一、二メートルは走っただろうか。狭い脇《わき》道が大通りにぶつかる。俺はあわてた。右手の急ブレーキ。これは無茶だ。無理だ。ひとたまりもなく横倒しになった。

今度は肩をしたたか打った。

「おい、広一くん。大丈夫か？」

種田は、自転車の下から俺を掘り出した。

「ここは道が悪いよ。短いし、路面が堅くて危ないし、練習には向かないよ。おい、だいぶ血が出てるじゃないか。また今度にしよう。もっといい場所を探して、やろう」

雨が、細く長い線になって、黒い路面に吸われていく。袖《そで》をまくった彼のワイシャツが水玉模様にぬれている。

「もうちょっとなのに」

俺はゴネた。

「今、タイミングがわかったみたい」

「うん。もう出来るさ。もともと乗れるんだから、心配ないよ」

「もう一回」

種田は、ぬれた路面と、俺の怪我《けが》と、俺のすねて思いつめた顔を順番に見た。

「じゃ、後、一回だけ」

スタンバイ。スタート。実にあっけなく、よろめいて、転ぶ前に足をつけてしまった。ズボンの上から、ふくらはぎを切った。痛みよりも悔しさ、そして、今日、初めて、かすかな恐怖感が胸をおそった。

俺はイライラのはけ口を探していたのだ。自分を傷つけたり痛めつけたりしたかった。それを合法的に前向きにやりたかった。種田に見せつけてやりたかった。浅尾広一は何ができて、何ができないのか、できないというのはどういうことなのか。すり傷や出血なんかへっちゃらだった。むしろ、ひどい傷口を作って、どんな顔をするのか、じっくり眺めてやりたかった。

俺は本当にイライラしていた。だから、恐《こわ》くなんかなかったのだ。

その心の隙間《すきま》に、顔馴染《かおなじ》みの恐怖がこっそり忍びこんでくる。一瞬、乗れるかな、と思ったとたん、そいつはやってきたのだ。現金なものだ。

雨が激しくなってきた。種田の少なめの頭髪がずっくり湿って、いよいよ情けないありさまに見える。九月の雨。冷たくも暖かくもない雨だ。ただ、皮膚にしみこみ、皮膚をつたい、どこまでも完璧《かんぺき》に、人をずぶぬれにするだけの雨だ。ぬれそぼった種田はいつにまして灰色に見える。例のねずみ色の背広はぬいで家に置いてきたが、かわりに雨が彼に透明なグレーのコートを着せてしまった。

俺たちはぼう然とつったっていた。なぜ彼は帰ろうと言わないのだろうか。

俺は自転車を起こした。彼の手を借りずにスタートし、即座《そくざ》に足をついた。ハンドルがすべり、タイヤもすべる。無茶をしているのがよくわかった。もう一度試し、やはり、失敗。

ヤケになっていたのではない。恐怖心を克服《こくふく》したかったわけでもない。ただ、今、やらなければ、ダメになってしまうと、心のどこかで思った。何がダメになるのかはわからない。とにかく、やめられない。やめられないのだ！

もう一度、サドルにまたがると、種田が近づいてきて、荷台を支えてくれた。

「一番、はしまで行って」

彼は言った。

「ぎりぎりまで行って、長さを全部使おう」

落ち着いた声だった。ふいに、俺の中で何かがしんと静まる。目の前の景色が突然すっきりと開けて、新しいもののようにまぶしく見えた。

二つの建物の間の狭い道。左手は雑居ビルの濃紺のタイルの壁。右手はマンションの細かい煉瓦《れんが》タイルの壁。中に一筋、ぬれた灰色の道。

雨足がわずかに弱まった。水たまりが黒々と光り、路面のひび割れがくっきりと浮き出て見える。大通りを走る車のクラクションが耳を裂いた。右腕がずきずきと痛む。

いつのまにか、ペダルを踏み出し、いつのまにか、支えもなしに、一人でふらふらと走っていた。どうやったのか思い出せない。考えている暇もない。俺は走り続けている。角を左折し、大通りへ出た。ありがたいことに、歩道に人影はまばらで、俺はなおも走ることができる。一度、止まったら、二度と乗れないかもしれないのだ。

さらに左折して、横道にはいりこむ。左右の景色を眺める余裕はない。すぐ前の道だけ見つめている。前髪から、雨のしずくが流れ落ち、鼻の脇をすりぬけていく。かゆい。

今度は右に曲がる。どこまで行けるだろう。信号にひっかかったら、おしまいだ。ようやく走れた喜びや、二輪をころがす軽やかさ、さわやかさは、どこか別の遠いところにあった。俺は、たった一つのことだけ考えていた。止まらずに走ること。止まらずにどんどん走って、種田のところへ戻ることだ。

彼は小さな灰色の川の中の忘れられた棒杭《ぼうぐい》のように道の真ん中に立っていた。これ以上ないくらい、ずぶずぶにぬれていた。荷台から手を離した後、きっと一歩も動いていないのだろう。彼が杭で、俺と自転車が舟。今、雨の中、浸水《しんすい》で沈没寸前の舟は、よろめきながら無事に係留《けいりゅう》される。俺はたいして距離はかせげなかったが、ちゃんと、走って帰ってこれたのだ。ハッピーエンド。

「どっかへ行っちまったのかと思ったよ」

俺を見ると、種田は言った。ひどい台詞《せりふ》だ。オメデトウとかヨクヤッタとか言えないもんだろうか。俺はへらず口をたたこうとしたが何一つとして思いつかなかった。お礼を言う気にもならなかった。恩知らず。さんざん手伝ってもらい、しかも、こんなにずぶぬれにしてしまったのにね。二人とも、黙ったまま自転車を片づけ、髪からしずくをたらしながら、マンションの部屋にあがった。

種田にシャワーを使ってもらい、着替えに俺の服を貸した。白無地のポロシャツに、ゆるめの綿パン。サイズが合わないのはわかっているけど、まさか母さんの服ってわけにもいかないやね。

種田はズボンの裾《すそ》を折り返し、肩の落ちたポロをだらしなくひっかけ、照れたような嬉《うれ》しそうな顔で、浴室から現れた。いやはや。なさけないというのは、彼の専売特許《せんばいとっきょ》だ。でもさ、それ以外の部分では、こいつをバカにできないんだ、と俺は感じる。そう、だからこそ、二重に折り返したズボンの裾がおかしいんだ。強烈におかしい。笑ってやるぞ。

俺がシャワーを浴びて、出てくると、種田は、居間の真ん中にぼんやりと立っていた。いかにも居場所がなさそうに見えるが、実はそうじゃなくて、彼はこの賃貸マンションの305号室の全《すべ》ての部屋を占領《せんりょう》しているのかもしれなかった。

「京都に行かないんですか?」

俺は尋ねた。種田は初めて気づいたように、壁の掛け時計を眺めた。

「まだ、まにあうでしょう? 新幹線で行けばさ」

あーあ、俺の性格の悪さは、きっと一生、直らないんだろうな。

「そうだね」

種田はうなずく。あーあ。四十過ぎのおっさんの素直さがうらやましい、だなんて、とても人には言えない。

「行く?」

彼は、とても重大な決意をせまるかのように用心深く尋ねた。でも、俺はかぶりをふった。

「先に行って下さい。俺はちょっと用があるし、クリーニング屋とか行くから、種田さんの服……」

「そんなこと、しなくていいよ」

「うん。でも、俺、後から行くから。明日、になるかもしれないけど」

彼はうなずいた。

「明日ね」

「うん。明日。……ちゃんと、行くから」

「そう」

彼は、もう一度深々とうなずいた。

種田は上着を忘れていった。例の灰色のくたびれた背広。俺は一緒にクリーニングに出そうかどうか、さんざん迷ったんだけど、結局やめた。ポケットに色んなものがはいってるからさ。ちらっと見たかぎりじゃ、名刺や映画の半券やチューインガム、などなど。こんなプライバシーのかたまりを掘り出すわけにはいかないじゃない。

彼は本当に京都に行ったんだろうか。行っただろうな。母さんにベタ惚《ぼ》れだもんな。でも、ちゃんと着替えてから行っただろうな。怪しいもんだ、と俺は思う。時間がない、とかあわてちまってさ。せめて、むこうでサイズの合うズボンくらい買ってくれればいいけどさ。怪しいもんだ。きっと、あの格好のまま、ライヴハウスに乗りこんで、母さんの度肝《どぎも》をぬくに違いない。なんだか、俺は一人で笑っちまったよ。きっと、母さんも笑っちまうだろう。え？ 広一の服？ とか言って、こわれた警報器のように、すごいバカ笑いをやるんだろうな。

俺はひさしぶりにピアノの前にすわった。種田にもらった、サン＝サーンスの練習曲の楽譜をひらいて、音をひろってみる。右手で弾くために、椅子を左のほうにずらし、それでも、なんとなくきゅうくつな感じがした。

六つの練習曲の一つ目は、プレリュード。ペダルを使って、離れた音をつなげていく。新しい曲をひろう時の、楽しさ、まどろっこしさ、切れ切れの音符、間違えた和音。

俺は手を止めた。頭の中に、セプテンバー・イン・ザ・レインのメロディーが流れこんでくる。俺はテーマのワン・フレーズを弾いた。母さんの迷演奏。ジョージ・シアリングの名演奏。

そう、俺には弾けない。弾けるかもしれないけど、無理に弾こうとしなくてもいいんだ、と強く思った。

俺は、サン＝サーンスのエチュードに戻った。この六つの練習曲をマスターしようと思う。できるかどうかわからないけど、とにかく、やってみる。俺なりのベストをつくして弾けるようにがんばってみよう。

これが最後の曲だ。

これで、もう、ピアノは弾かない。

俺は窓の外を見た。

雨。

九月の雨だ。

ホワイト・ピアノ

1

事務用の白い封筒は、角がこすれて丸くなり、いくらか灰色がかってきたようだ。

私の名前、住所。細いマジックで書かれた右上がりの文字は、線がとてもきっぱりしていて、意地っぱりに見える。

私は手紙をもらうまで、広一くんの字を知らなかった。

手紙が来たのは、一昨年の冬だった。郵便受けで見つけたのは弟の進で、まるで暴風のように玄関に飛びこんできた。

「佳奈《かな》ァ! 佳奈ァ! おい、広一くんから手紙が来たよっ」

私は、それがどうしたって顔をした。

「ぼく宛《あて》と佳奈宛と、ほら」

封筒を受け取ると、余計なお世話という顔を作ったが、進はこちらなど見ていなかった。私は自分の手紙を開けずに、弟を観察した。白い便箋《びんせん》一枚。進は、露《ろ》骨《こつ》にがっかりした表情になって、

「なんだあ。何にも書いてないや。引っ越したってことだけ」

と独り言のようにつぶやいた。そして、ちょっぴり期待をこめて私を見た。

私は手紙をあごの下にはさんで、上目づかいに進をにらんだ。正確に言うと進のひざのへんをにらんだ。

「おい!」

進が、私宛の手紙の中身を知りたがっているのは百も承知《しょうち》。私はその奇妙な姿勢のまま両手を広げてバランスを取り、玄関にのこのこ歩いていった。

狭い我家は、一人になれる場所なんか、トイレしかない。私は、広一くんからの手紙をトイレで読む気にはなれなかったから、秋に彼と自転車の練習をした東公園に出かけた。

十二月の公園は、土が白っぽくひびわれ、葉の落ちたケヤキやイチョウの枝が、青い空につんつん突き刺さっている。セーター一枚で出てきたから、氷の風がはだにしみる。寒い。

土曜の午後だった。高校生くらいのカップルが、ひどく深刻な顔つきでベンチに座っていた。犬を連れた七、八歳の男の子が二人、広場を走りまわっている。他に人影は見えず公園はがらんとして静かだった。

私はカップルからできるだけ離れたベンチに座り、白い事務用封筒を開けた。やはり、白い便箋が一枚。北風がばたばたと便箋をはためかせて、中の文字まで吹き飛ばしそうな勢い。

短い手紙だった。

『お元気ですか？

急に引っ越すことになりばたばたしていて連絡が遅れました。喧嘩《けんか》したままでイヤだったけど、どうも、電話ができませんでした。

また、会えるといいね。

それじゃ、お元気で』

なんて、そっけない。目を合わさずに、いやいやしゃべっている言葉みたいだ。

私は胸がぎゅうぎゅうした。

喧嘩は、つまらない喧嘩だった。この公園で、自転車の練習をした時、広一くんが、あんまりイクジナシの臆病者の鈍になったので私はかんしゃくをおこしたのだ。最高の男の子が、最低の男の子に変わるなんて、まったく許せなかった。

その喧嘩以来、私たちは会っていない。

私のかんしゃくなんて夏の夕立みたいで、しょっちゅうなのに、広一くんは、雷にやられたイチョウの木のように燃えてコゲて怒って傷ついてしまった。

私は、手紙を封筒に戻して、あたりを見まわした。美男でも美女でもないカップルは、手をつないで池のほうへ歩いていた。赤とグレーのスタジャン、赤と緑のチェックのハーフ・コート。色のない十二月の景色の中で彼らは、とても暖かく見えた。

男の子たちとコリーは、キャッチボールをしている。

私は、早く大人になりたいと思った。

大人になれば、つまらない喧嘩をしたり、つまらない手紙をもらったりしないだろう。こんな冬の日にぴったりの好きな色のコートを買って、一番好きな人と手をつないで風の中を一日中だって歩ける。

進は手紙の内容を聞いてこなかった。一人でさっさと返事を書いて出してしまい、私はノケモノにされたような気がした。

だって、返事なんて、何を書くのよ。

――引っ越しちゃって残念です。喧嘩のことはもういいです。また、会えるといいね――

——引っ越しちゃって残念です。喧嘩のことはゴメンナサイ。また、会えるといいね——

「また、会えるといいね」なんて、つまんない言葉。だって、隣の県じゃない。そう思ったら、ほんとに会いにくればいいのよ。

私は返事を書けずにイライラした。

進がピアノ教室に通い始めたのも、イライラに拍車《はくしゃ》をかけた。あいつがピアノを弾いてどうするの。広一くんのマネなのは、わかりきってる。イヤなやつだ。私はピアノのお稽古《けいこ》は大嫌いだし、お化けの出そうなハノンなんか聴かされたくないんだから。

でも、私は黙って、弟を見張っていた。ピアノを始めるくらいなら、そのうち、きっと広一くんに会うだろうと思ったのだ。

ところが、一向にそんな様子はなかった。

進は熱心にハノンとバイエルを練習し、私は不熱心にバッハインベンションとソナチネをお稽古した。そんなふうに冬は過ぎた。

やがて、春が来て、私は中学に進んだ。
ついに手紙の返事は出しそびれ、ピアノもやめた私は、楽譜を全部、弟に譲り渡した。

2

ピオーン、ピロローン、調律《ちょうりつ》のためのピアノの音が、二階の亜紀《あき》の部屋まで、のぼってくる。

野中《のなか》亜紀は『ノナカ・ピアノ・サービス』の社長令嬢だ。もっとも、この会社はとても小さく、中古ピアノの調律、売買、修理を請け負い、自宅の隣に事務所兼展示場と修理工場を持っている。

「五年生の時に、初めて男の子と手をつないだの。中一ン時、ほら、あのB組の松田ね、あの子とファースト・キス。今はさ、フリーなんだけど、吉岡《よしおか》くん、いいなって思ってんだよね」

亜紀はべらべらしゃべる。クラスメートの社長令嬢は結婚するまでに、十二人の男と付き合うんだときっちり計画をたてている。

「ねえねえ。佳奈ァ。このお姫さま、あんたに似てるんだよ」

亜紀は部屋の本棚から、空色の表紙の絵本を持ってきた。亜紀の家に行くと、色々なものを見せられる。前のカレの写真とか、思い出の石ころとか。

絵本のタイトルは『ホワイト・ピアノ』。表紙の絵は、ものすごくキレイ。白いアップライト・ピアノの上が、氷の柩《ひつぎ》のような寝床になっていて、かわいらしいお姫さまが横たわっている。

「ね？　似てるでしょ」

「自分の顔なんて、知らないもん」

私はすまして言った。

「やだなあ。きれーな子って、だからイヤ。あたしなんか、目つぶって自画像描けるよ。悪いとこ、みんな知ってるんだもん」

「それ、似てたら、TV出れるよ」

私は答えて、ページをめくった。

物語は、いわゆるお姫さま童話。

ホワイト・ピアノは雪でできていて、鍵盤《けんばん》は氷。白鍵が無色透明で、黒鍵が透明なブルー。世界で一番冷たいピアノ。

お姫さまは悪い魔法にかけられて、長い眠りについている。世界で一番熱い心を持って姫を愛する若者がこのピアノを演奏すると、魔法が解けて二人は結ばれる。

ハッピーエンドのお相手は、立派な王子さまだ。それ以外の若者は、みんな氷の鍵盤に触れて凍死《とうし》してしまうのだ。

「いいよねえ。雪と氷のピアノを弾いて、眠りから覚ましてもらうの。女の子ってさ、みんな眠り姫だと思うのね、あたし」

亜紀は熱心に言った。

私も、小学校の頃は、こんなお話がめちゃくちゃ好きだったな。

「で、亜紀は、十二回、目覚めるわけ？」

私は意地悪く言う。

「それも、いい！　でもさ、ほんとに好きな人って、やっぱり一人じゃないかな？　ね、どう思う？」

私は返事ができなかった。

私は恋の話なんか大嫌いだった。

十二歳の時に、広一くんが好きだった。

十四歳の今は、恋をしなくても平気。

広一くんにつまらない手紙をもらった時から、私は、何かが氷みたいにカチンと固まってしまった気がする。

「でね、佳奈。ちょっと、それっぽいピアノがこの間、ウチに入ったんだな。雪と氷のホワイト・ピアノ。ね、見に行こ」

亜紀はうきうきと私を誘った。

3

ノナカ・ピアノ・サービスの展示場は、とても細長い部屋だった。入口のドアから通路一本を残して、中古のアップライト・ピアノがぎっしりつめこまれている。浜松に倉庫があり、商品を回転させているので、私が遊びにゆくたびに、だいぶピアノの顔ぶれは変わっていた。

目玉商品は、通路の両側。その奥の窓のない壁側は、見せることより置くことに熱心で、一人がやっと通れる程度の隙間《すきま》しかあいていない。でも、私は、この〝物置ショールーム〟がとても好き。

「キタローちゃん。入っていいかい?」

亜紀は、私を連れて、すでにどかどかお店に踏みこみながら、そう尋ねた。

つや出し剤と布で、黒塗りのピアノをみがいている、調律師《ちょうりつし》の千田《せんだ》義人《よしと》が振りむいた。

「また、来たのかよ」

私に向かってニッと笑う。

千田義人は、二十六歳。前髪をぼさぼさとうっとうしく伸ばしているので、ゲゲゲの鬼太郎にちなんで、キタローちゃんと呼ばれている。もしくは、センダくん。亜紀が倍に近い年齢の彼をそう呼ぶのは、ちっとも尊敬できないからだって。髪型のせいもあるけど、これほど背広とネクタイの似合わない男の人も珍しかった。センダくんのいわゆる正装は、外の仕事に必要な時だけ。今などは、襟元のたるんだ半袖Tシャツに色の落ちたジーンズ姿。

彼は、いつもお金の持ち合わせがなく、腹っぺらしだった。驚異のギャンブル好きという噂《うわさ》。外回りに出ると、十キロの仕事鞄《かばん》と共にパチンコ屋に転げこむって、ほんとかしらね。

「ああ腹へった。なんか、お菓子、持ってない?」

今日も、センダくんは、そう言った。

私がスカートのポケットから、ミルク・キャラメルを出してあげると、センダくんは、嬉《うれ》しそうに口にほうりこんだ。長い腕をぬっと伸ばして、私を抱擁《ほうよう》する。

「こらっ」

亜紀が怒った。

私は、あれあれって思うけど、そんなことをされても、ちっともイヤじゃないの。センダくんって、ピアノのにおいがする。

彼がみがいていた黒塗りのピアノはスタンダードな型で、傷が少なく、二十八万円と値札がついている。その隣は、木目のきれいなどっしりしたピアノで、四十五万円。

「これなんか、三十年選手だけど、すっごくいいピアノよ。今はこんなの作ってないよ。ケースがいい木材でしょ」

センダくんは、こげ茶の鍵盤ふたを指でなでる。

「新品は、たいがい、おがくずとプラスチックの圧縮《あっしゅく》ボードよ。狂わないのはいいけどさ振動を伝えないんだ。音が堅いのなんの。ま、バーゲン品なんて、ひどいのあるよね」

ここにも、安い品はある。八万。十二万。そして、変わりダネも。

私は、おなじみのアンティーク・ピアノを探した。通路の一列奥の定位置に、十九世紀のアメリカ製のココア色のピアノはあった。浮き彫りの彫刻がほどこしてあり、古めかしくて優雅《ゆうが》！　でも、音はダメだから、もっぱら映画やＴＶドラマのレンタル用なの。

「あのアンティークね、幽霊つきだよ」

センダくんは声をひそめて言った。

「深夜に、ここ来ると見れるよ。古臭い白いドレス着た金髪の女の子がね、モーツァルトのソナタを、いつも同じフレーズで、つっかえるの。そこばっか練習して泣くの」

「へええ！」

「ちょっと、キタローちゃん。バカ言うのやめて。佳奈、信じるから」

亜紀は私の手をひっぱった。

「ねえ、佳奈ってば！」

亜紀のいわゆる〃ホワイト・ピアノ〃は、通路のつきあたりの窓側に置かれていた。

アイボリー・カラーのかわいいピアノ。小型で背が低い。これも、どことなくクラシックな雰囲気で、飾りこそないけど、シャレた西洋家具みたいな先細りのスマートな足が二本、手前についている。

「うん。キュート！」

私は言った。

「でしょう？ でしょう？」

亜紀はうきうきと叫んだ。

クリームがかった白塗りは、古びて黄ばんでいて、大きな傷も二つあるが、それでも、真珠《しんじゅ》のような不思議な光沢《こうたく》を保っていた。

「コンソールっていうの。このチビなアップライトのことね。日本じゃ受けないけど、アメリカやヨーロッパは、ほとんどこの型なんだよ」

「キタローちゃん、説明はいいよ。もう、ウンチクばっか！」

亜紀がにらんだ。

「六十年くらい前のアメリカ製」

キタローちゃんは、メゲない。こういう姿を見ていると、彼はほんとにピアノが好きなんだな、と思ってしまう。

「こういうピアノを、フィアンセに買ってもらって、新婚の夜に弾いてもらうの」

亜紀は言った。

「こいつは、音がボコボコなんだ」

センダくんは言った。

「輸入物で二十九万ってのがミソでしょ」

「誰がチューニングしたの？」

亜紀はムッとした顔で尋ねた。

「俺よ。修理して、整音して。でも、まあ、ピアノも年齢や寿命ってあるわけよ」

「ふむ」

亜紀はうなずいた。

ノナカ・ピアノ・サービスには、見習いを含めて四人の調律師がいる。最年長の四十八歳の赤石さんより、千田義人のほうがチューニングのセンスがいいという噂だった。だから、あんなヒッピーな奴《やつ》でもクビにならないという噂でもあった。

センダくんは、音大で調律を勉強し、有名なピアノ会社に就職した。でも、三年で辞めてしまい、しばらく外国をぶらぶらした後、ノナカ・ピアノ・サービスに雇《やと》われた。

前の会社を辞めた理由は、おばあさんの看病《かんびょう》をするためだという。センダくん兄弟は両親を早くに亡《な》くし、父方の祖父母に育てられた。彼はおばあさんっ子だ。お兄さんは海外勤務で中国だし、おじいさんもおばあさんも亡くなった今、センダくんは、古い日本家屋に一人で住んでいる。

私は、十四じゃなくて二十四歳だったら、センダくんのお嫁さんになってもいいと思う。好きとか恋とか、そんなんじゃなくて、ただなんとなく、そう思うの。ギャンブル好きでお金がないのは、困ったもんだけど、それにあのキタロー・ヘアーもイヤだけど。


「弾いてみていい？」

亜紀はセンダくんに聞いた。

「ダメって言ったって弾くんでしょ？　ここは遊び場じゃないのよ。お嬢さん」

「いいじゃん。お客さん、いないんだから」

亜紀は、ホワイト・ピアノの鍵盤《けんばん》ふたを開けた。

「あ。普通の鍵盤」

白と黒を見て、私は思わず言った。

透きとおった氷の鍵盤じゃなかった！

亜紀は笑った。そして、持っていた絵本を「見せたげる」とセンダくんに渡して、立ったまま、『猫ふんじゃった』を弾きだした。ピアノはふがふがと鳴った。

「ねえ、そのお姫さま、佳奈に似てない？」

亜紀は『ドレミの歌』に曲を替えた。

「佳奈って、好きな子がいないの。眠り姫。氷の心臓を持ってるんだから」

「なに、それ」

「男の子のこと、色っぽい目で見るくせに、いざとなったら、ツンツンしてんの」

「あたりまえよ」

男の子なんか、みんなガキじゃないの。

センダくんは、こっちの話を聞いていない。真面目《まじめ》な顔をして、絵本を読んでいる。

「雪でできたケースに氷の鍵盤か。世界で一番冷たいピアノ？」

「みんな、凍死しちゃうのよ」

私は言った。

「王子も死んじゃえば良かったんだ。眠り姫も目覚めないまま、クーッて死んじやうのよ」

登場人物がみんな死んでしまうのが好き。ハムレットなんて好き。

「どんな音がするんだろうね。このピアノ」

センダくんは独り言みたいに言った。

「無色透明な音。つきぬけた音。良く鳴ってきりきり張りつめた音。絶対零度《ぜったいれいど》の音」

私は絵本をのぞきこんで、ホワイト・ピアノを眺めた。音なんて浮かんでこない。氷の鍵盤。センダくんには、白いピアノの音が聞こえるのかしら。

「佳奈。弾く？」

亜紀が声をかけた。

私は目を閉じて、キーを一つ叩《たた》いた。高いソが出た。

冷たい！　冷たすぎて人差指が火傷《やけど》みたいに熱い、頭の芯《しん》までずきずきして瞬間冷凍人間ができる——そんなフリをする。

今度はもっと高い音。鍵盤の右端のほう。高すぎて、私には音がわからない。

それに、このピアノは高い音がよく鳴らない。

目をあけた。

いいな。この大きさ。色。私は子供の頃、家のアップライトが黒くてデカくて大嫌いだったんだ。

私は鍵盤ふたを閉じた。

「弾かないの？」

と亜紀。

「弾けないの」

と私。

「ホワイト・ピアノねえ」

センダくんは、そう言って絵本を閉じた。

4

私は眠り姫なの？　どっかの見知らぬマヌケな王子様が、いつか私の眠りを覚ましにやってくるの？　――亜紀の絵本のことを考えるたびに私は氷の鍵盤の音を想像した。

世界で一番冷たい音。冷たいメロディー。

ところで、今、耳に聞こえているのは、そんなものとは程遠い、やけに堅実《けんじつ》な音色だった。進がチェルニーを練習しているのだ。

あいつは、チェルニーの鬼だ。音を拾うのが早くてテンポや強弱のつけ方が、やけに正確。タッチも強い。まるで、畑をたがやすように次々と曲を上げていくのをみると、私は腹がたった。モーツァルトのソナタなんて弾かせてごらん。感情表現ゼロの唐変木《とうへんぼく》だわ。

ありがたいことに亜紀から電話がかかってきた。私はピアノを休むように命じた。

「五分だけだぞ」

弟は三白眼《さんぱくがん》になって、私をにらんだ。ナマイキ。ヤツは、私が三時間でも電話でしゃべるのを知っているのだ。

「キタローちゃんが、前髪を切ったの。見においで！」

そんな電話で出かけてしまうところが、十四歳なの。もちろん冬休みで、暇《ひま》で、進のピアノがイヤだってのもあるけど。

私と亜紀は、寒い寒い風の舞う路地から、工場の窓をのぞきこんだ。

センダくんは、季節を無視したいつものTシャツ姿で、せっせとカンナをかけていた。仕事中のセンダくんって、すごく好き！　上を向け。こっち、向け。向いた！

ぶふふふふ、と私は笑い、亜紀と背中をどつきあった。だって、ヘンなんだもん。

きっと自分で切ったんだろうな。おでこが半分むきだしになって、三日月型の薄いまゆげが、ぬっと自己主張してる。その下の目は前髪がかぶってなくても、やっぱり細い。

「センダくんって単純。うっとうしいから切れって言われても切らないのがさ、女一人来たら……」

「え？」

「初恋の人だって」

亜紀は声をひそめた。

「マンガみたいでしょ。いきなり、ピアノ買いに来たんだって。中学ン時のクラブの後輩だって」

亜紀の言葉は、ショッキングだった。

センダくんは、物語の登場人物みたいで、年齢不詳でいつまでも年をとらず(二十六だって知ってるけど、現実味がないもん)、もちろん主人公じゃなくて、誰のものにもならない永遠の脇役《わきやく》――スナフキンみたいで、だから、私のモンだって思ってたの。だから、お嫁さんになってもいいって思ったの。

私は体が火を噴《ふ》きそうに腹がたった。

「それで、結婚するの？」

「へ？　ちょっと、ぶっとばないでよ、知らないよ。私、見てないもん。ただ、キタローの奴《やつ》がうかれてただけでさ」

「もう、キタローじゃないわ。あんなの、おでこムキムキじゃん」

亜紀は死ぬほど笑った。私は笑わなかった。怒っていた。めちゃくちゃ怒っていた。

イヴの日は、亜紀の部屋でパーティーをやることに決まっている。メンバーは四人。亜紀が今、夢中になっている吉岡くんと、その友達。吉岡くんは同じC組で、友達の柳くんはE組だった。亜紀に言わせると、彼は私にメロメロなのだそうだ。オモシロイ！　私は今機嫌《きげん》が悪いから、そういうのは、すごくオモシロイと思っちゃう。

パステル・カラー。ぬいぐるみの山。乙女チックな亜紀の部屋は、小さなクリスマス・ツリーがよく似合った。私たちは、部屋に金銀の飾りをつけ、サンドウイッチとマカロニ・サラダを作り、ケーキとスナック菓子を買いこんだ。

亜紀はチェリーピンクのワンピース。私は母親の編んだ白いニットのドレスに母親の太いブルーの革ベルトをしめた。

私たちが準備のために飛びまわっていると、センダくんが通りかかり、細い目を細めて、ほんとに嬉《うれ》しそうに私を眺めた。ピューと口笛を吹いて、小さな女の子にするみたいに腰をつかまえて抱き上げようとするので、私は暴れた。

「離せっ」

こいつ、ひっぱたいてやろうか。

「マイ・フェイヴァリット・シングス」

センダくんは、まったくノンキ。

「なによッ」

私の喧嘩《けんか》腰《ごし》がわからないの？　センダくんは英語の歌を口ずさんだ。

「歌だよ。知らない？『マイ・フェイヴァリット・シングス』——私のお気に入り——『サウンド・オブ・ミュージック』でジュリー・アンドリュースが歌ったの。ガールズ、イン、ホワイト、ドレッシス、ウィズ、ブルー、サテン、サッシュズ——ブルーの飾り帯の白いドレスの女の子たちってね」

「それが、どうした？」

「佳奈ちゃんみたいじゃん。好きなんだよ。この歌。サラ・ヴォーンも『アフター・アワーズ』で歌ってるんだ」

センダくんは幸せそう。

「初恋の人はどうしたの？」

私はやっぱり聞かずにいられなかった。

「え？」

センダくんはポカンとして。ずいぶんたってから、ワハハと笑って、

「君らの情報網《じょうほうもう》ときたら！」

と言った。そんなことで、ごまかされないんだから。

「結婚するの？」

「おいおい」

「ねえ」

「結婚してるんだよ」

「え？」

「彼女、ミセスだよ」

私はまじまじとセンダくんを眺めてしまった。これは、不倫《ふりん》の恋に堕《お》ちている顔じゃない。今度はこっちがポカンとしてしまった。

センダくんは、さっきの歌を口ずさみ、短くなった前髪をいつもの癖でかきあげながら事務所のほうにゆうゆうと歩いていった。

パーティーは楽しかった。男の子たちは、真新しいトレーナーに汚れていないジーパンで現れた。これが、めいっぱいの正装ってとこ？　吉岡くんはひょうきん者、柳くんは線が細い感じの気取り屋さん。

ケーキを切って、スナック菓子の袋をあけて、ジュースをついで、BGMにはクリスマス・キャロル。そして、時折下から響いてくるピアノの音も。

学校関係の噂話《うわさばなし》で盛り上がり、ゲームをやって、プレゼント交換をする。私は亜紀からレターセットをもらい、私のミッキーマウスのキーホルダーは柳くんに行った。

まったく、十四歳なんて、いい年齢なんだわァ。私も亜紀も彼らもね。

広一くんは十五歳か——私はふいに考えてしまった。受験生。来年は高校に入り、ますます、私の知らない世界が広一くんのまわりに固まってくる。
十三、十五、十八。色んな広一くんを想像してみる。知っている顔。知らない顔。でもどれも、みんな同じ浅尾広一。
彼はセンダくんと似たところがある。年がいくつかなんて、どうでもいいようなところ。私は勝手に広一くんをオトナと思い、センダくんをコドモと思っている。

吉岡くんや柳くんは、あんまり、ジャスト十四歳なんだもの。私は早く大人になりたいから、それって、つまらない。

「佳奈。佳奈」

亜紀に袖《そで》をひっぱられて、はっとした。

柳くんがいない。トイレにでも行ったのかな。吉岡くんが私をじっと見て口を開いた。

「ねえ、あいつ、ダメ？」

え？

「あいつ、伊山《いやま》さんに本気なんだけどさ」

来た来た！　でも、そんなマルかバツかみたいな聞き方をするんだったら、いつだって、バツよ。でっかいバツよ。

「彼、ピアノ弾ける？」

私は尋ねた。

「え？　さ、さあ……」

吉岡くんは面喰らった。

「氷の鍵盤《けんばん》のホワイト・ピアノが弾ける?」

「なんだって?」

「やあねえ。佳奈ったら」

亜紀が吉岡くんに説明した。柳くんが戻ってきたので、彼も絵本を見せられた。

「意外と少女趣味なんだね。伊山さん」

と柳くんは言った。

私は少女よ。少女が、少女趣味で何が悪いの。ピアノも弾けないで、そんなエラそうなこと言うの。

「あんたなんか、でっかいバツ」

私は、顔を見て、はっきり言ってやった。

5

亜紀は吉岡くんとつきあうことになった。私が柳くんに恥をかかせ、そのことで吉岡くんが怒り、そのことで亜紀と私が絶交し、そのことで吉岡くんがあわてて悩んだ末、結局二人はくっついてしまった。

キューピッドは私だ。

ごめんね、何かお詫《わ》びとお礼がしたい、と幸せな亜紀が言うので、私は〝センダくんの出前〟を頼んだ。もちろん、お金は母が払うし、いい目をみるのは弟だけど。

一月の末、センダくんは、似合わないグレーの背広をしっかり着こんで、ピアノの往診《おうしん》にやってきた。

「買ってから一回しか調律してないって?」

センダくんは、ウチのボロ・クロ・アップライトのキーを叩《たた》いて、すげえ、と笑った。

私と進は、居間のじゅうたんに座りこんでセンダくんの仕事を見つめていた。絶対安静《ぜったいあんせい》にしているという条件つきで。

むきだしになったピアノの中身って、たくさんの骨みたい。小さい時に、これを見せられたら、私、きっと二度と、ピアノに近づかなかったと思う。

「人間と同じだよ。同じメーカーの同じ製品でも、使われ方や置場所によって、ぜんぜん違う性格になってるからね。十人十色。その性格を理解しないとダメなのね」

センダくんはしゃべる。自分が口をきくぶんにはかまわないらしい。

「ピアノは、えらい緊張している物体なの。鋼製《こうせい》の弦をきりきり張りつめて、ぴしゃっと止める。それをさ、時間が、まあ、地球の重力、湿気、熱、色々が、ゆるめていくのよ。それを、また、緊張させるの」

緊張……。

彼の説明によると、まず、鍵盤の高さを揃《そろ》えるそうで、キーが沈む深さ、元に戻る速さなど、タッチの問題を調整する。

私は（進だって）彼の作業が何を意味するのか、良くわからない。見てわかる器具なんて、音叉《おんさ》くらいのものよ。

「それ、何？」

私は、うっかり尋ねてしまった。進が私をじろっとにらんだ。

「チューニング・ハンマー。これがないと、仕事になりません」

センダくんは、いやがらずに答えた。

「こいつでね、弦の端が巻いてあるピンを回転させて、弦の張り方を調節するの。それで音が変わるんだよ。力がいるんですよ」

そのチューニング・ハンマーでピンをいじりながら、もう片方の手で、キーを叩く。一つの音を、何回も何回も叩く。強く叩く。

音は変化しているんだろうか。私には、わかるような、わからないような……。

センダくんは、どんどん作業に没頭《ぼっとう》していった。微妙な音の差を聞き分け、作り出す。彼の耳が、指が、全身が。

部屋の中は、不思議な緊張感にあふれていた。私は息がつまった。いつもチャカチャカうるさい弟まで石像化しているもの。ピアノを緊張させるための緊張に、三人の人間がつかまっている。すごいな。

チューニングは、とても時間がかかり、私はついに飽きて逃げてしまったが、弟は最後までじっと見ていた。そういうところは、絶対、進にかなわないと思うの。悔しいけど。

調律の終わったピアノを、進が弾いた。ちょっと照れながら、暗譜《あんぷ》しているクレメンティのソナチネを、ぽこぽこ弾いた。

なかなか、いい感じじゃないのよ。

「どう?」

とセンダくん。

「うん。ぜんっぜん違う」

進は力強くうなずいた。

「半音近く下がってたからね。しばらくは、耳が慣れないと思うけど、早くこっちに馴染《なじ》むようにね」

「はいっ」

元気な返事にセンダくんは笑った。

「いいなあ。男の子がピアノ弾くの」

「センダくんも何か弾いて」

私は頼んだ。ちゃんと聴いたことはないけど、彼のピアノは、とてもうまいと評判。

「さっき弾いたじゃない」

そうだ。調律の終わり頃に、なんだかメロディーが聞こえてたっけ。

「もう一回」

「ヤだよ」

かわいくない返事。

「弾くのはピアニスト。音を作るのは我々」

気取っちゃって！　もう。

私は、私鉄の駅までセンダくんを送っていった。一月の末なんて一年で一番寒い時期。空気はかき氷。風はつらら。でも、勝手についてきたから、寒いとも言えないの。

センダくんは黙って歩いていた。おしゃべりな彼には珍しい。〝緊張〟に疲れたのかしら。

「そういえばね」

突然、ポツンと口を切った。

「あのアイボリー・カラーのコンソール、売れちゃったよ。ああ。君らのホワイト・ピアノね」

ドキッとした。そりゃあ、商品だから、いつかは売れてしまうだろうけど、なんだか、あのピアノは、亜紀と私の物のような気がしていたから。

「ふうん。そっかァ。つまんない。どんな人が買ったの？」

がっかりしたので、低い声が出た。

「例の、俺の後輩よ。ほら……」

「あっ」

なんだか、ムカッときた。

「結婚してた初恋の人？」

「うん。売ったのは、俺じゃなくて赤石さんなんだけど」

センダくんは言い訳するみたいにしゃべった。

時間ができたから、またピアノをやりたいという彼女に、センダくんは音のしっかりした黒塗りの国産ブランドを勧めた。ところが、彼女はホワイト・ピアノが気に入ってしまった。値段も高いし、機能も低下している古いピアノを。

「去年は、まあ考えてみるわで、終わったんだ。それがさ、彼女、この前、俺が外に出てる時いきなり来たの。赤石さん、喜んで売っちまったよ。社長から、あれ、早く片付けろって指令が出てたんだよね」

「いいじゃん。こっちは売りたくて、向こうは欲しいんだから」

「そうだけど」

センダくんは、とても憂鬱《ゆううつ》そう。

「大事にしてほしいんだ。ピアノも。彼女自身の弾きたい気持ちも。うまくいくといいけど……」

歩道橋を渡ってショッピング・センターのアーケードに入る。風が遮られて、ほっと息がつける。私はカスタネットみたいに歯を鳴らしてみた。タタタタタ。

「その人って、どんな子だったの？」

私は聞いた。

「ショート・ヘアで男の子みたいな口きいてそのくせ、ドキッとするくらい女っぽい子」

「中学？」

「うん。俺が今の佳奈ちゃんの年。彼女が一つ下だ」

「今は？　今はどんな人？」

センダくんは寒そうに肩をすぼめた。

「ふわっとしたウェービーのセミロングで、やっぱり細っこくてちっこくて、派手な口紅つけてた」

「すぐわかった？」

「むこうにわかられちゃった。俺、ガキの頃から顔、変わってないから」

私は納得《なっとく》して笑った。

「きれーな人だなあって思って。彼女だってわかって、俺、頭、空っぽになっちゃった。男ってさ、心底きれーだなあって思うと、ほんと頭、空になるよ。目鼻立ちの問題じゃなくて、雰囲気とか色々含めてね」

「うん？」

「ケースと音ね。ピアノの場合」

「残念だったね。ミセスで」

「でも、すごい偶然じゃない？　まったく偶然に俺のとこ、来たんだもん。ドキドキしたよ。ラッキーだよ」

「おひとよし！」

と私は言った。センダくんがほのぼのと思い出にひたっているの見ると、いやンなる。

「そんなお人好《ひとよ》し言ってると、絶対、恋人、できないんだからね」

「違うよ。俺、面《めん》、悪いから」

センダくんが、とてもマジに言うので、私は吹き出してしまった。

アーケードが切れて、駅の建物が見えてきた。また、風が暴れ始める。私のマフラーや髪の毛がなびく。センダくんの髪がつんつん乱れる。

「センダくん。前髪、伸びて、いい感じ。そのくらいがいい」

「あ、そう？」

「そうよ」

すると、彼は前髪を手ですいて、細い目を一文字にしてヘラリと笑った。

6

ホワイト・ピアノは売られていった。

ウチの黒ピアノは冴《さ》えた新しい音になり、進のソナチネを上手に聴かせる。私はまだ氷の鍵盤《けんばん》の音がわからずにいる。亜紀みたいに目覚められず、冷酷《れいこく》な眠り姫のままで、しんしんと学校に通う。

この前、知らない上級生から、ラブレターをもらった。真面目《まじめ》な顔で直接手渡してもらったけど、返事は書かない。亜紀が知ったらまた怒るだろうな。でも、私は、一生手紙の返事を書けないような気がするの。

広一くんの手紙は、机の引き出しだ。捨てることもできず、取り出すばかりで、もう読むこともできない。なぜか、できない。

二月。記録的な大雪が降った。学校は休みになり、私と進は珍しく仲良しになって、一緒に雪遊びをした。団地の公園には、雪だるまがたくさん。でかいの、ちっこいの。私たちも一つチビをこしらえた。

青白い雪が、道も停まっている車も木々も何もかもを埋めている。音までも埋めてしまい、ガキどもの声だけが、やけに、まぶしくキンキン響く。

やがて、進と友人一同は、広い東公園に集結《しゅうけつ》した。私は男の子たちをうらやましく思いながら、家に帰り、暖かいココアをいれて母と飲んだ。

いつもより早い夕暮れが、雪景色をソーダアイスの水色に変える。また、大きな雪片がお化けみたいにほわほわ落ちてきた。

突然鳴った電話のベルに、私も母も、ぎょっとしてとびあがった。亜紀だった。

「今、吉岡くんが来てて、そこまで送っていったの。それでね、私、お店で、センダくんがウチの親父《おやじ》や赤石さんと喧嘩《けんか》してるのを見ちゃったんだ。すごいマジなの。私、センダくんの怒った顔って初めて見た」

もめ事の原因は、〝ホワイト・ピアノ〟。あのクリーム色の古いピアノを、センダくんの後輩は、どうしても気に入らなくて、突き返してきたそうだ。

「返したいって言われて、センダくんが運送屋の手配して、引き取ったのね。どうも、相手にさんざんなこと言われたらしくて、こんなピアノ売るのは詐欺《さぎ》だとか何だとかさ。センダくん、頭きたのかな。親父に相談もせず回収しちゃって、今度は運送費をどっちが払うかでもめたの。なんかさ、向こうが常識ないから、きちんとビジネス・ライクにやらなきゃダメなのをさ、センダくん、個人的な知り合いなもんで、きっちり言わなかったみたいよ」

「彼、すごい怒られた？」

「うん。だって、人件費だってあるし、返品なんてただの迷惑でしょ。あれが気に入らないなら、せめてウチで他のピアノに代えるくらいの交渉《こうしょう》ができないのかって、親父が言うわけ。そしたらセンダくん、あのピアノは人を見て売らなきゃダメって怒りだしてさ」

「で、ピアノはどうなるの？」

「さあ。また、他のお客に売るんじゃないの？　お飾りに欲しいって人ならいいよね」

センダくんは、やっぱりコドモなんだ。

……というか、音作りの専門家なんだ。

あいつはビジネスってもんがわかってないなんて亜紀は偉そうに言ってたけど、こんな雪の日に怒られちゃって、かわいそう。

でも、センダくんは、もう、東公園で雪合戦するような男の子じゃないんだね。

外はインクのような紺色。私は、セーターを重ね、もこもこに着ぶくれて玄関を出た。「進を探してくるわ」と母には言って。

電車がちゃんと動いていて良かったな。駅二つ分だけど、歩いていくには、天気が悪すぎるもの。

亜紀の家は、駅から十分以上かかる。この道がこんなに遠いなんてね。耳は冷えてじんじんするし、雪かきしていない歩道は凍ってすべるすべる! おまけに暗い。傘を片手にバランスをとるのがいやになって、私はもう雪かぶり姫になることにした。

おなじみの路地に着くと、工場も事務所も明かりが消えていた。ただ、展示場だけが、窓の厚いカーテンの隙間《すきま》から、青白い光が漏れている。

私は頭の上の雪を払って、お店のドアに手をかけた。

部屋の中は、蛍光灯の光。センダくんが一人でいた。前と同じ位置に置かれたホワイト・ピアノに腕をもたせかけ、ぼんやりしていた。

「ここ、寒いね」

私が声をかけると、センダくんは、雪女でも見たように不思議そうな顔をした。

「暖房、切っちゃったからね」

ひどくゆっくり答えると、

「雪だらけだよ」

と指摘《してき》した。

「降ってるもん。途中で傘さすのやめたの。転びそうで」

私が言うと、センダくんは窓のカーテンを開けた。街灯の明かりに照らされて、雪がぼうぼうと落ちていた。

私はハンカチを出して、体についた雪を払う。黙って見ていたセンダくんは、

「亜紀ちゃんは？」

と尋ねた。

「おウチでしょ。私、ピアノが見たくて来たの。ホワイト・ピアノよ」

センダくんは、ずいぶんたってから、

「ああ」

と言った。

「昨日、帰ってきたんだ。知ってたの」

「さっき、亜紀から電話で聞いたの」

「ああ」

そして、ため息をつくように笑った。

「なんで、こんな雪の中をわざわざ来るの？」

私は口をへの字にする。

「そんなに、これ、好き？」

それだけじゃないけど、センダくんの顔も見にきたんだけど。

「でも、佳奈ちゃんも、何度も弾いたら、やっぱり嫌いになるのかな」

「ならないよ。私、弾かないもん」

センダくんは苦笑い。私は言う。

「嫌われて、出戻ったのね。運のないお嫁さんみたいね」

「おばあちゃんだよ。白髪の小柄な品のいい老婦人。でも、おばあちゃんだからね」

センダくんは、窓の外の暗闇《くらやみ》を見つめた。

「俺は、おばあちゃんに弱いのね。育ての親が、おばあちゃんなの。年寄りって古いものを大事にするから、何でも捨てずに直して使うでしょ。そういうのが、身についちゃってるみたいね。ピアノも、絶望的な奴《やつ》ほどファイト湧《わ》いてくるし。愛情持っちゃう」

「センダくんも、これ、好き？」

「俺が引き取るって社長に言っちゃった」

「え？」

センダくんは、ようやく、窓の外から私に目を向けた。

「このおばあちゃんピアノが、外見だけで、買われて、乱暴に弾かれて、嫌われて、また捨てられて、とか考えると、たまんないよ。夜、眠れなくなっちゃうよ」

「だって、お金あるの？　いつも、ビンボーしてない？」

「貯金してるから、ビンボーなの」

「パチンコと競馬じゃないの？」

センダくんは、顔をしかめた。

「たまんねえなあ。そりゃ、好きだけどさ。サボってたのがバレて怒られたこともあるけどさ」

ヨーロッパに行って、ピアノ作りの勉強をするために、お金を貯《た》めているのだと、センダくんは話した。

「チューナーの仕事も好きだけど、もっとメカニズムを知りたいし、製造をやりたいんだ。日本の音と欧米の音は違うしね」

「そのお金使っちゃうの?」

「一部ね」

「もったいないね」

「そうね。俺はまわり道ばっかりしてるね。前の会社を辞めたのも、もったいない。夢の資金に手をつけるのも、もったいない。どっちも〝おばあちゃん〟のせい」

「え?」

そういえば、センダくんは、おばあさんの看病をするために、前の会社を辞めたんだっけ。

「うそうそ。俺がぐうたらなだけ。理由なんて、どんなふうにもつけられるし、勇気がないだけ。だって、飛行機代はあるんだ。行けばいいんだもの。なるべく、いい条件で、なんて考えてるうちに、時間だけ過ぎちゃう」

「いいわよ。ここにいてよ」

私は、わがまま娘。

「いるかもよ。ずっと」

センダくんは人ごとのように言う。また伸びてしまった前髪の下の細目が、ちょっと、苦いような辛いような表情を見せた。

彼は、ホワイト・ピアノの鍵盤ふたを開けた。

「これねえ、弾き方次第で、いい音、出るんだよ」

センダくんは、そっと鍵盤に指をのせた。やわらかい和音が生まれた。胸の底をくすぐられるような、ほのぼのとした音だった。なめらかな、ささやき声みたいな、丸みのある音。

ああ。これが、ホワイト・ピアノの音なんだ。窓の外を落ちてくる雪の音だ。白い音だ。

センダくんは小さな声で歌った。英語の歌。この間、聞かされた歌。なんだっけ？

「マイ・フェイヴァリット・シングス」

　とセンダくんが歌って私を見た。それだ。

「バラの花に雨のしずく、子猫のひげ、光っている銅の湯沸かし、暖かいウールの手袋。そういうものが、全部、私のお気に入り――マイ・フェイヴァリット・シングス――なのね。クリーム色の小馬、かりかり焼いたりんごのお菓子。それでね、そういう私のお気に入りたちを思い出すと、いやな気分なんて、どっかにいっちゃうって歌なの。犬に嚙《か》まれた時、ミツバチに刺された時、悲しい気持ちの時」

　センダくんは歌詞を変えて歌った。クリーム色の小馬を、クリーム色のピアノに変えて歌った。

「クリーム・カラード・ピアノ」

　そのうち、センダくんの〝お気に入り〟は全部、クリーム・カラード・ピアノになってしまった。

　伴奏のやわらかな和音。

私は、なんだか涙が出た。

センダくんは、色々なものを大切にせずにはいられない人なのだ。おばあさんも、古いピアノも、初恋の後輩も、会社の人たちも、もちろん、自分の夢だって。色々なものを大切にしすぎて、コドモみたいに見える。

私は、ホワイト・ピアノ——ううん。クリーム・カラード・ピアノが、うらやましかった。でも、私だって、センダくんの〝お気に入り〟なのだ。歌のフレーズにあるのだ。

ブルーの飾り帯をつけた白いドレスの女の子。

雪が、いつのまにか、やんでいた。

7

バレンタインデーに、私はセンダくんに、ホワイト・チョコをあげた。カードには、こんなことを書いた。

『義理でもないけど、LOVEでもないの。あなたは、マイ・フェイヴァリット・シングスだと思う』

センダくんは、死ぬほど喜んでくれた。

「それで、まだ、眠り姫なの?」

彼は尋ねた。

「ちがう」

と私は言った。

「私はね、ぜんぜん眠ってなんかないの。ずっと起きてたの」

雪の日に、センダくんのピアノを聴いた時に、そのことがわかった。

ホワイト・ピアノは、氷じゃなくて雪の音がした。やわらかな音色に涙が出た時、私は広一くんのことをはっきりと思い出した。

ピアニストは、広一くん。そして、私は、氷の柩《ひつぎ》に横たわってなどいず、彼の隣で一緒に鍵盤《けんばん》を叩《たた》いていた。私もピアニスト。

私は、今でも、広一くんが大好きだ。

「私も初恋の人がいるの。二年前よ。喧嘩《けんか》しちゃって、もう会えないけど」

すると、センダくんは、真面目《まじめ》な顔で、こう言った。

「また、会えるといいね」

あんなにも頭にきた手紙のフレーズ。

でも、初恋の後輩に冷たくされたセンダくんが、心をこめて言ってくれた。

また、会えるといいね。

広一くんは、本気で私に会いたがってくれたのかもしれない——その時、私は、初めてそう思ったのだった。

解説

森絵都

あれは十四年前のこと。作家志望の専門学校生だった私は、ある日、近所の書店で雑誌の『MOE』を手に取った。MOE童話大賞発表、の見出しに誘われたのだ。どんな作品だろう？　その場で受賞作の冒頭に目を通し、瞬《また》く間に引きこまれた。強烈な吸引力。これは立ち読みなんてしている場合じゃない。私はその号を即刻購入した。どきどきしながら家でゆっくりと味わった。最後まで読み終え、ますますどきどきした。その作品があまりにも面白く、みずみずしく、荒々しいまでの魅力を放っていたから。

それが、佐藤多佳子さんの『サマータイム』だった。

ねえ、見て。こんなにうまい人がいるよ。私は翌日、勢い込んでその受賞作を友達に紹介した。まるで新星を一番乗りに発見したかのような興奮ぶりだった。が、しかしこの時点で私はまだこの輝けるデビュー作の四分の一しか知らずにいたのだ。『サマータイム』には三作の姉妹篇があることを知ったのは、後日、この作品が単行本化されてからだった。『五月の道しるべ』『九月の雨』『ホワイト・ピアノ』。上下巻に分かれて刊行されたこれらの物語を、私はまたも即刻購入し、貪《むさぼ》るように読み耽《ふけ》った。あのどきどきが甦《よみがえ》った。パワーアップして私を駆り立てた。早く友達に……いや、誰にでもいいからこの本を読ませたい。そう思った。

その思いはその後も果てることなく、やがて自分も同業者になった後も、私は取材や公《おおやけ》の場で「お薦めの本」を問われるたびに、待ってましたとばかりに『サマータイム』を紹介し続けた。佐藤さんはその後も数々の作品で世を沸かせていたから、私がデビュー作にこだわり続けるのは逆に失礼かもしれないし、鬱陶《うっとう》しいかもしれない。そんな引け目も感じつつ、でも初めて佐藤さんの文章に触れたあの新鮮な衝撃、手に余るような手応《てごた》えを、人にも押しつけずにはいられなかった。

そうした私の執念の歩みが、どこかで佐藤さんのお耳に入ったらしい。なんとこのたび、こうして文庫版『サマータイム』の解説を書かせていただくことになった。

苦節十四年、ようやく堂々と、表立って、声高にこの名作を紹介できるわけで、読者の皆さんはどうか、多少の暑苦しさは勘弁してくださいね。

ともあれ、まずは収録作の四篇をざっと紹介しよう。

表題作『サマータイム』は、十一歳の進と一つ年上の姉佳奈《かな》、そして十三歳の広一が織りなす始まりの物語だ。素直でまっすぐな進と、奇抜で勝気な佳奈、そしてクールで大人びた広一。惹《ひ》かれ合い、反発し合う彼らの眩《まぶ》しい夏を、そして切ない秋を十七歳に成長した進が鮮やかにふりかえる。もう幾度となく読み返しているのに、台詞《せりふ》一つなしに展開されるラストの光景に、私は今でも不意打ちのように胸を締めつけられてしまう。

続く『五月の道しるべ』の語り手は、まだ小学生になったばかりの佳奈。「私は、ずっとずっと小さい時から、弟が自分よりいい思いをしないように、気をつけて見はっていたのだ」という佳奈の身に、小さな、しかし彼女にしてみれば衝撃の事件が降りかかる。強情さと柔らかさと、その両極端を併せ持つ佳奈の魅力が詰まった一作だ。

『九月の雨』ではまた時を超え、十六歳の広一によって『サマータイム』では語られなかったブランクが埋められる。七年前の事故で父親と左腕を同時に失い、少年らしからぬクールさを身につけた広一。だが内心では母親の恋人に嫉妬《しっと》し、喧嘩《けんか》別れをした佳奈のことも忘れられずにいる。『サマータイム』では終始かっこよかった彼だが、そのかっこよさに到達するまでの陰なる奮闘がここにある。

佳奈もまた、仲違《なかたが》いをしたまま引っ越していった広一からのよそよそしい手紙に傷つき、眠るように心を閉ざしていた。そんな彼女のいわば冬眠期を描いたのがラストの『ホワイト・ピアノ』だ。彼女を目覚めへと導いたのは、王子様ではなく、ピアノの調律師のセンダくん。友達にはキタローちゃんとからかわれているセンダくんだが、佳奈は彼を慕っている。佐藤さんの描く人物たちは、たとえどんなに生意気でも、ねじれていても、バカにすべき相手とすべきでない相手をきっちりと分別している。

以上、どの作品もリズミカルで軽やか、それでいて心にずんと響くものばかりだ。

これら四篇は緩やかな時間軸の中で各話と通底していながら、しかし、個としての独立した完成度も高々と保っている。一つの世界を共有はしても、凭《もた》れ合いはしない。それは、佐藤さんの描く作中人物たちにも言えるかもしれない。佳奈。広一。進。センダくん。そして広一の母親友子に、その恋人の種田——まさしく個性と個性のぶつかりあい、待ったナシの真剣勝負である。

これは本作以外の小説にも共通して感じることだが、佐藤さんの描く人物たちは、誰もが自分だけのスペシャルな何かを持っている。それは過剰な能力であったり、或《ある》いはハンディであったりもするけれど、どちらにしてもそれを生まれ持ったが故《ゆえ》に彼らは少なからず社会から突出し、しんどそうに生きている。しかし、かといってその能力を眠らせたり、ハンディの克服によって周囲と折り合うような結末には、彼らは結局のところ向かわない。能力にしろハンディにしろ、彼らはそれを大切に、或いは否応《いやおう》なしにまるごと抱きしめて生きていく。そのタフな生き方の先――スペシャルな何かの延長線上にのみ、偽りのない彼ら自身の世界が待ちうけているかのように。

本当の自分。真の絆《きずな》。幾通りもの形の中から彼らが選びとる各々《おのおの》の幸福。言葉にしてしまうとお粗末で恐縮だが、そうした〈妥協やごまかしのない領域〉へ到達しようとする意志を、私はいつも佐藤さんの文章から勝手に感じている。わざわざ険しい山を選び、最も危険なルートから頂を目指すようなガッツを勝手に感じている。勝手なことばかりを並べて申し訳ないけれど、しかしそれを感じるのは本当に、本当に希有《けう》なことなのだ。

少々話が飛躍したが、最後に再び『サマータイム』へ戻ろう。といっても、実のところ、本書の魅力を説くのにはさほど多くの言葉を必要としない。

ぱっとこの本を開いて、目に留まった数行を読んでみてください。

例えば、こんな一場面。

〈家中で一番大きい透明なボール。そのボールいっぱいに、ブルーのミント・ゼリーと、グリーンのリキュール・ゼリーを混ぜて冷やし固めた。たぶん、佳奈は青と緑がマーブルのようにきれいに混ざると思ったんだろうな。でも、なんだか奇怪なミックス。青と青緑と緑。よくよく見ないと、色の区別がつかないんだ。これを昨夜、佳奈は大騒ぎして作った。きっと、例の手下どもに食わせるつもりだったんだろう。

スプーンを三本出してきて、ぼくらはボールから直接、食べることにした。一口、食べたところで、ぼくは吐き出しそうになった。

「塩と砂糖、間違えただろう！」

「間違えてないわ」

佳奈はすましている。

「あ、海。海だ！」

いきなり、広一くんが叫んだ。ぼくはその時すごいって思った。佳奈はもっとそう思ったんじゃないかな。目が光って、顔が真っ赤になったんだ。〉

夏の終わりの一齣《こま》だ。

私はこの十四年間、夏が来るたび、ゼリーを見るたびに、この印象的なシーンを思い起こしてきた。

どうか本作の至るところにちりばめられたきらきらしたフレーズを、楽しく切ない会話を、ぞくりとするような心理描写を、思う存分、堪能《たんのう》してください。そして読後、「自分だけの胸にしまっておくのはもったいない」と思ったら、あなたの側にいる誰か、或いは遠くにいる誰かにこの一冊を教えてあげてください。

（平成十五年七月、作家）

『サマータイム　四季のピアニストたち 上』(表題作と「五月の道しるべ」を収録)、『九月の雨　四季のピアニストたち 下』(表題作と「ホワイト・ピアノ」を収録)は、平成二年七月と十月にMOE出版から、平成五年五月に偕成社から、それぞれ刊行された。

佐藤多佳子著　しゃべれどもしゃべれども

頑固でめっぽう気が短い。おまけに女の気持ちにゃとんと疎い。この俺に話し方を教えろって？「読後いい人になってる」率100％小説。

梨木香歩著　裏庭
児童文学ファンタジー大賞受賞

荒れはてた洋館の、秘密の裏庭で声を聞いた――教えよう、君に。そして少女の孤独な魂は、冒険へと旅立った。自分に出会うために。

梨木香歩著　西の魔女が死んだ

学校に足が向かなくなった少女が、大好きな祖母から受けた魔女の手ほどき。何事も自分で決めるのが、魔女修行の肝心かなめで……。

梨木香歩著　からくりからくさ

祖母が暮らした古い家。糸を染め、機を織る、静かで、けれどもたしかな実感に満ちた日々。生命を支える新しい絆を心に深く伝える物語。

梨木香歩著　りかさん

人と心を通わすことができるなんて、ただ者ではない。不思議なその人形に導かれた、私の「旅」が始まる――。「ミケルの庭」を併録。

湯本香樹実著　夏の庭
――The Friends――

死への興味から、生ける屍のような老人を「観察」し始めた少年たち。いつしか双方の間に、深く不思議な交流が生まれるのだが……。

新潮文庫最新刊

花村萬月著
百万遍 古都恋情（上・下）
小百合、鏡子、毬江、綾乃。京都に辿りついた少年は幾つもの恋に出会い、性に溺れてゆく。男と女の狂熱を封じこめた、傑作長編。

角田光代
鏡リュウジ著
12星座の恋物語
夢のコラボがついに実現！ 12の星座の真実に迫る上質のラブストーリー＆ホロスコープガイド。星占いを愛する全ての人に贈ります。

「小説新潮」編集部編
眠れなくなる 夢十夜
ごめんなさい、寝るのが恐くなります。「こんな夢を見た。」の名句で知られる漱石の『夢十夜』から百年、まぶたの裏の10夜のお話。

塩野七生著
海の都の物語
ヴェネツィア共和国の一千年
1・2・3
サントリー学芸賞
外交と貿易、軍事力を武器に、自由と独立を守り続けた「地中海の女王」ヴェネツィア共和国。その一千年の興亡史が今、幕を開ける。

山田詠美著
熱血ポンちゃん膝栗毛
ああ、酔いどれよ。酒よ——沖縄でユビハブと格闘し、博多の屋台で大合唱。中央線から世界へ熱ポン珍道中。のりすぎ人生は続く！

関川夏央著
汽車旅放浪記
夏目漱石が、松本清張が愛したあの路線。乗って、調べて、あのシーンを追体験。文学好きも鉄道好きも大満足の時間旅行エッセイ。

新潮文庫最新刊

ビートたけし著
達人に訊け！
ムシにもオカマがいる!? 抗菌グッズは体に悪い!? 達人だけが知る驚きの裏話を、たけしが聞き出した！ 全10人との豪華対談集。

小泉武夫著
ぶっかけ飯の快感
熱々のゴハンに好みの汁をただぶっかけるだけで、舌もお腹も大満足。「鉄の胃袋」コイズミ博士の安くて旨い究極のＢＣＤ級グルメ。

勝谷誠彦著
麺道一直線
姫路駅「えきそば」、熊本太平燕、横手焼きそば――鉄道を乗り継ぎ乗り継ぎ、一軒一軒食べ歩いた選抜き約100品を、写真付きで紹介。

永井一郎著
朗読のススメ
声優界の大ベテランが、全く新しい朗読の方法を教えます。プロを目指す方のみならず、朗読愛好家や小さい子供のいる方にもお薦め。

北芝　健著
警察裏物語
キャリアとノンキャリの格差、「落とし」の名人のテクニック、刑事同士の殴り合い？ ＴＶドラマでは見られない、警察官の真実。

難波とん平
梅田三吉著
鉄道員は見た！
感電してしまったウッカリ運転士、お客様のためにひと肌脱ぐ人情派駅員……。現役鉄道員が本音で書いた、涙と笑いのエッセイ集。

新潮文庫最新刊

安保徹著
こうすれば病気は治る
―心とからだの免疫学―
病気の治療から、日常の健康法まで。自律神経と免疫システム、白血球の役割などを解説。体のしくみがよくわかる免疫学の最前線！

田崎真也著
ワイン生活
楽しく飲むための200のヒント
ワインを和食にあわせるコツとは。飲み残した時の賢い利用法は？　この本で疑問はすべて解決。食を楽しむ人のワイン・バイブル。

櫻井寛著
今すぐ乗りたい！「世界名列車」の旅
標高5000mを走る青蔵鉄路、世界一豪華なブルートレイン、木橋を渡るタイのナムトク線……。海外の魅力的な鉄道45本をご紹介。

J・アーチャー
永井淳訳
誇りと復讐（上・下）
幸せも親友も一度に失った男の復讐計画。読者を翻弄するストーリーとサスペンス、胸のすく結末が見事な、巧者アーチャーの会心作。

チェーホフ
松下裕訳
チェーホフ・ユモレスカ
―傑作短編集Ⅱ―
怒り、後悔、逡巡。晴れの日ばかりではない人生の、愛すべき瞬間を写し取った文豪チェーホフ。ユーモア短編、すべて新訳の49編。

M・シェイボン
黒原敏行訳
ユダヤ警官同盟（上・下）
ヒューゴー賞・ネビュラ賞・ローカス賞受賞
若きチェスの天才が殺され、酒浸り刑事とその相棒が事件を追う。ピューリッツァー賞作家によるハードボイルド・ワンダーランド！

サマータイム

新潮文庫　さ－42－2

平成十五年九月一日　発行
平成二十一年五月二十五日　十二刷

著者　佐《さ》藤《とう》多《た》佳《か》子《こ》

発行者　佐藤隆信

発行所　株式会社　新潮社

郵便番号　一六二―八七一一
東京都新宿区矢来町七一
電話　編集部（〇三）三二六六―五四四〇
　　　読者係（〇三）三二六六―五一一一
http://www.shinchosha.co.jp

価格はカバーに表示してあります。

乱丁・落丁本は、ご面倒ですが小社読者係宛ご送付ください。送料小社負担にてお取替えいたします。

印刷・東洋印刷株式会社　製本・株式会社大進堂
© Takako Satô 2003 Printed in Japan
ISBN978-4-10-123732-9 C0193